Sonya
ソーニャ文庫

傲慢御曹司は愛の奴隷

月城うさぎ

JN132262

イースト・プレス

contents

この世界には、男女の他に第三のバース性——α《アルファ》、β《ベータ》、Ω《オメガ》——が存在する。

αは人口の一割にも満たない。男女ともにカリスマ性を持ち、ヒエラルキーのトップに君臨する。頭脳明晰《ずのうめいせき》かつ容姿端麗。政界、財界、芸能界など様々な分野のトップはαが占めている。

βは人口の九割を占める一般階級のバース性だ。カリスマ性があるわけでも、フェロモンを放つわけでもない。大多数の人間がβとして生きている。

Ωは最も希少なバース性であり、世界的に絶滅危惧種と言われている。そのため国の保護対象となっていた。生殖に特化したバース性で、儚《はかな》げな美貌《びぼう》を持つ者が多く、ヒエラルキーの最下層に位置する。Ωとαには運命の番《つがい》という相手が存在する。

Ωから生まれてくる子供は必ずαかΩのみ。希少なバース性を産めるΩを保護し、Ω性を増やすことが国の未来を左右する重大なミッションとして掲《かか》げられていた。

そして日本では、半世紀前に最後のΩが亡くなってからΩ性を持つ人間が現れていなかった。

第一章

もし自分の死に場所を選べるなら、美しい思い出のある場所がいい。

たとえ幸福な時間が数えるほどしかなかったとしても、とびきり綺麗な場所で安らかな死を迎えられたなら、この人生も悪くなかったと思えるだろう。

——私の死に場所はどこがいいかな。

ネットの海に流れる写真をぼんやりと眺めながら、真鶴《まなづる》妃翠《ひすい》は思案する。

SNSに「海岸、ビーチ」などで検索してヒットした写真は、どれも美しいがピンとこない。自分の目で直接見てみたいと思える光景には出会えず、次に行きたい目的地が決められないでいた。

SNSを閉じて地図アプリを起動させる。現在地から一番近い海岸はどこになるだろう。

「綺麗な海が見えるレストランにごはんを食べに行くのもいいな……オーシャンビューのカフェはランチもおいしそう。今から行ったら、お昼過ぎには到着するかな」

時間は残っている。目的地のない旅なのだから、SNSの写真だけを見て無理に移動先を決める必要もない。

心の赴《おもむ》くまま旅をするために、妃翠は愛車のエンジンをかけた。

一年前に中古で購入したハイエースの改造キャンピングカーは、一般のワゴンタイプの大きさなので駐車場に停められて普段使いもしやすい。ベッドとキッチンもついているため、寝泊まりも快適だ。ひとり旅を始めてからの妃翠の大事な家であり、相棒でもあった。

東京を出て日本海側の町をいくつか巡り、最近になってふたたび関東に戻ってきた。時折生家に戻って郵便物を確認するが、わけあって二か月に一度程度しか都内には寄らないようにしている。

妃翠が海沿いの町を転々としながら旅をする理由はひとつ。自分が死んでもいいと思える美しい場所を探すためだ。

いつか死ぬとしたら、綺麗な海辺がいい。そんな漠然とした理想があった。

現在地から一番近い海辺まではそう遠くない。車で三十分も走れば到着するだろう。

——東京から近いからリスクが高いと思って避けていたけど、案外綺麗でいい場所かも。神奈川の海は観光スポットじゃなければ人は少ないかな。

平日の昼間なら、きっと地元の人間しか近寄らないはずだ。

日焼け防止の長い手袋とサングラスを装着して車を走らせる。まだ午前中だが、すでに日差しが強い。

季節は七月の中旬だ。つい先日梅雨が明けたばかりだというのに、真夏のように照り付ける日差しが肌を刺激する。車の窓にＵＶカット加工を施しているとはいえ、この日差しでは肌が赤く焼けてしまいそうだ。

「今日も暑そう……こんな日は冷たいアイスでも食べたくなるな」

さっぱりしたシャーベットもいい。でも口当たりが滑《なめ》らかなジェラートも捨てがたい。昔懐かしいレトロなクリームソーダを飲むのも爽快《そうかい》でよさそうだ。

そういえば最近は特にクリームソーダの写真がＳＮＳに多く投稿されている。どうやらレトロブームであるようだ。

「よし、海辺のカフェでクリームソーダも飲んじゃおうかな！　食べたいものは我慢しないって決めてるし、今日は少し贅沢《ぜいたく》しちゃおう」

妃翠は死に場所を探しているものの、今食べたいものは我慢しない。近い未来に死ななければならない以外のオプションが残されていないため、後悔しないように食べたいものを食べると決めている。自分で決めた最後の日まで。

けれど静かなキャンプ場でキャンピングカーにいると、暗闇に落ちてしまいそうな不安に襲われる。

誰にも見つからず、いつまで自由でいられるだろう。あと何日おいしく食事ができるだろう。

寂しさや孤独を笑顔で誤魔化せる日がどれくらい続けられるかわからない。そんな不安を抱いていても、おいしいごはんを食べているときは幸せを感じられる。

妃翠のスマホのアルバムには、食べ物の写真しか入っていない。

自分の写真は一枚も残すつもりはない。親しい友人はいないし、自撮りなどもってのほか……自分の存在はひっそりと、誰にも気づかれないまま他の人と同じように消えてほしいから。

適度にクーラーを効かせ、信号が赤になったと同時にラジオをつける。

この生活を始めてから、国内外の情勢はラジオから入手するようになっていた。ネットに溢《あふ》れるニュースはどれが正しいのか判別がつかないが、偏見のないラジオニュースを見つけてから好んで聞くようになっている。

ちょうど先進国首脳会議がイギリスで開かれているらしい。

今回日本が主催国でなかったことに少しホッとする。各国のリーダーは皆αで、共に訪れるメンバーもαが多い。あまり国内のα率を上げてほしくないから、αの集まりは国外で行ってほしいと思う。

『日本国首相は、過去半世紀にわたり日本で確認されたΩがゼロであることを指摘された件について、バース性の検査方法の改善を進めるとともに、アメリカ製のバース性検査キットの導入を検討すると述べました。……』

――くだらない。

首脳会議で話す内容ではないだろうに。

妃翠は小さく溜息を吐いた。ニュースでΩと聞くと、自然と耳が拾ってしまうことについては仕方ないと諦《あきら》めている。

日本はたびたび、ある宗教国家から厳しく非難されている。曰く、Ωは神に愛された神子《みこ》であり、日本は神を冒瀆《ぼうとく》したためΩが生まれなくなったのだとか。

――神に見放された国でもなんでもいいわよ。というか、国はΩにどれだけ頼ろうとしているのよ。いないならそれで、その他の人間……αとβが頑張ればいいだけの話でしょう。

Ωは国のトップになり得る優秀なαを産み、唯一Ωを産めるため国に必要とされている。α同士でもαは産まれるがαとΩから産まれる方が優秀である確率が高いらしい。Ωがいないせいで今後日本が衰退し先進国から外れるなら、勝手に外されてしまえばいい。国が滅ぶのなら、いっそ滅んでしまえばいい。

たった数人のΩが国を変えることなど不可能なのだから。

Ωに未来を頼ること自体が馬鹿馬鹿しい発想だ。Ωの人権問題について欧米諸国でも議論が交わされるのに、どの国でも未だにΩは国に管理されている。Ωは国から資金援助を受け、一生生活に困らないが、その代わり自由を奪われて、たくさんの子を産む運命から逃れられない。

Ωに子を産まないという選択肢がないことも腹立たしい。まるで家畜のようではないか。国がΩを管理する社会に反吐《へど》が出る。Ωにマイクロチップを入れることを義務化している国もあるほどだ。

けれどΩは国に保護されないと、社会に溶け込むことも生きていくことも難しい。誘拐、監禁、強姦の被害に遭《あ》い、望まない婚姻をさせられてしまうからだ。なんの援助もない状態でΩがひとりで生きるのは不可能に近い。

常識的な親なら、もし我が子がΩで生まれてきたら嘆くだろう。いくら国から補助金が出て暮らしに困らなくなるとしても、子供の未来を奪われてしまうのだから。

「……ああ、ごちゃごちゃ考えていたら目的地に着いちゃった」

真っ青な空を映したような青い海。日差しが水面に反射してキラキラ光っている。

潮の香りを感じたくて、窓を開けた。

波の音とカモメの鳴き声に癒《い》やされる。

妃翠はパーキングエリアにキャンピングカーを停めた。二の腕までカバーされているUVカットの手袋を外して、夏でも暑苦しく見えない薄手のカーディガンを羽織《はお》る。中に着ているのは黒いタートルネックのノースリーブだ。どんなに暑くても、タートルネックは一年中欠かせない。

デニムのクロップドパンツは七分丈で足首が見えている。せめて足首ぐらいは素肌を出して重苦しく見えないようにしたいという、ちょっとした拘《こだわ》りだ。歩きやすいサンダルはヒールのないフラットなものだ。いざというときのために走れるものを履いている。

「日傘……は邪魔かな。帽子《ぼうし》がいいか。あとはマスクもつけなきゃ」

定期的に髪の毛を染める余裕がないので、髪は伸ばしっぱなしの黒髪ストレート。それをシュシュでひとつにくくってからデニムの帽子をかぶる。

女性らしい身体の線は、長めのカーディガンである程度は隠せるだろう。帽子、サングラスとマスクで顔を隠すのが外に出るときの妃翠のスタイルだ。

一見怪しく見えるが、妃翠にとって顔を隠すものは必需品だ。なるべく他人から自分の視線がわからないようにしたい。

――やっぱり日差しが夏だわ。

砂浜を歩くと、日差しで熱せられているのが伝わってくる。じりじりとした夏の日差しは肌の大敵ではあるが、季節を感じられて心地いい。

――子供のときは毎年家族で海に行ってたっけ。夏休みにちょっと遠出をして、パラソルを持って行って。

海の家で食べるカレーや焼きそば、かき氷が懐かしい。夏の思い出の定番だった。

今はもう、懐かしい思い出を再現することはできない。海に連れて行ってくれた家族はとっくに亡くなっているから。

――そうだ、お昼を食べようと思ってたんだった。確かこの辺に感じのいいカフェがあるんだったっけ。

場所を確認しようとして、ハンドバッグからスマホを取り出す。

だがその瞬間、急に強い風が吹きつけた。

「きゃあ……っ！」

――あ、帽子が！　海の方へ飛ばされたら困る！

手にしていたスマホをバッグに戻して、サングラスがずれないように片手で押さえた。

帽子がどこに飛ばされたのか確認する。海とは反対側をころころと転がっていた。

――よかった！

とりあえず海に流されずに済んでよかった。

ほっと胸を撫《な》で下ろして、急いで帽子を追いかける。

だが妃翠が走り出すよりも早く帽子は風に飛ばされて転がっていき……誰かの手で拾い上げられた。

――あ、しまった……ありがたいけど放っておいてほしかった。

極力人と関わりたくないのだが、無視することはできない。

夏のスーツを着たビジネスマン風の男性だ。ネクタイは着けておらず、シャツにジャケットを羽織っている。その男性は砂まみれになってしまった帽子を軽く叩いてくれていた。

「すみません、拾ってくださってありがとうございます……！」

うっかり帽子が飛ばされて追いかけるなんて、子供みたいで少々気恥ずかしい。

こんなとき、サングラスとマスクをつけていてよかったと思う。顔を隠すものがあれば、知り合いに遭遇しても自分だとバレない。

妃翠の声を聞いて、帽子から視線を外した男性が振り返った。

近くで見ると、背が高く均整の取れた体軀だ。八頭身はあるだろう。

風に揺れる黒い髪、一度見たら忘れられないような力強い眼差し、高い鼻梁《びりょう》に薄めの唇。

「……ッ！」

左右対称の黄金比を持った男の容姿を見て、妃翠は思わず息を呑んで立ち止まった。

軽々しく声をかけてしまったのを後悔するほどに。

——αだ……！

一目でわかるほど強いαのオーラを感じる。サングラス越しに彼と目が合った瞬間、妃翠の身体に衝撃が走った。

ビリビリとした電流のような疼《うず》きは気のせいなんかではない。

身体の芯まで焦《こ》がすような熱いなにかがお腹のあたりに溜まっていく。

鼓動が速い。体温が急速に上がっている。

服の下はじんわりと汗をかいていた。少し口を開いただけで、呼吸の乱れに気づかれそうだ。

——まさか……！

この現象には覚えがある。今までは薬で症状を抑えてコントロールしていたが、こんなに強い発作は初めてだ。

お腹の奥がぐずぐずに溶けてしまいそうなほど熱い。

——なんで急に！

目の前の男と視線が合っただけで身体が強制的に作り替えられてしまうような感覚。自分の奥底に眠っていた衝動《しょうどう》のようなものが湧き上がってくる。

それは妃翠だけではないようだ。目の前の男性も、目を見開いてなにかに驚いている。

咄嗟《とっさ》に鼻と口を手で覆った仕草は映画のワンシーンのように感じられたが、相手に意識が行っていたのはそこまでだった。

今は他人を気遣う余裕などない。

一刻も早くこの場を離れなくては。自分の異変に気づかれる前に。

「……っ、それ、あげます……！」

咄嗟にそう告げて、妃翠は逃げ出した。まるで引力に抗うかのように強い意志を持って懸命に足を動かす。背後から男に声をかけられた気がしたが、振り返る勇気はない。

額《ひたい》や背中から汗が流れる。袖《そで》で拭《ぬぐ》うのも面倒だ。

――早く、早く車に戻らなくちゃ……！

のんびり散歩などしなければよかった。先にお昼ごはんを食べていれば、このような事態に陥らなかったかもしれないのに。

次から次に後悔が押し寄せる。だがそれ以上に困惑の方が強い。

――なんで……ちゃんと抑制剤を飲んでいたのに……！

何年も抑制剤を欠かさず飲み続けている。排卵期が来る前に、月に一錠《じょう》。生理周期をコントロールするために低用量ピルも服用している。そのためバイオリズムが乱れたことはない。

もつれそうになる足を必死に動かして、パーキングエリアを目指す。身体の異常が何故起こったのか、理由はわからないが今はとにかく車に駆け込みたい。ひとりになれる空間が必要だ。

しかし砂浜なので、普通に走ることも難しい。お腹の奥はグズグズに焼けてしまいそうなほどに熱くて、疼きを訴えてくる。

走りながら下着が濡れていることにも気づいた。秘部に張り付いて気持ち悪いし、布がこすれるのが不快だ。

間違いない、これは強制的な発情《ヒート》だ。今の自分は、αならすぐに気づかれるほど濃厚なフェロモンを放っていることだろう。

今朝は香水をつけるのを忘れていた。人とすれ違う可能性がある場合、念を入れて必ず香水で自分の体臭を誤魔化していたのに。

――怖い……っ。

お願いだから誰もこっちに来ないで。誰も気づかないで。

「待てって、おい！」

男の声がする。見知らぬ男からそのように声をかけられるのは正直怖すぎる。

帽子はあげると告げた。いらないと思うが、今さら返されても困るし、不要なら捨ててもらって構わない。

――あとちょっと……！

コンクリートの階段を上がり、遠くから車のロックをボタンひとつで解除する。

聞き慣れた電子音がした方へ急いで近づく。愛車が見えるとほっとする。

だが、妃翠の手が運転席のドアに触れた瞬間――反対の手が後ろから摑まれた。

「ひ――ッ！」

咄嗟に振り返る。そこには妃翠の帽子を持った男がいて、苛立ちを募らせた目で妃翠を見つめていた。

「だから、何故逃げるっ！」

男は荒い呼吸を繰り返しながら妃翠を咎《とが》める。「クソ、この俺を走らせるなんて」とぶつくさぼやいているが、怖いから手を放してほしい。

彼の目には、苛立ちの他に隠しきれない劣情が浮かんでいた。口から吐き出される息や、低い怒声にも彼の濃厚なフェロモンが混ざっているように感じる。

すぐさま息を止めようとするが、マスク越しに彼のフェロモンを吸い込んでしまった。

お腹の奥が一層強く疼いた気がする。

視界がぶれる。

身体の芯が崩れていくように感じ、自分の足で立つこともままならなくなる。

――いけない、ここで意識を失うわけには……！

「はな……して」

放っておいて、ひとりにして――。

そう言えたらいいのに、頭も身体も言うことを聞いてくれない。

「おい……！」

男がギュッと眉根を寄せている。なにかに耐えるような苦しそうな表情が色っぽく見えた。

これをテレビで見ているなら、美形はどんな表情も様になるのだなあと呑気《のんき》に思えただろうが、今はそんな余裕はない。

——ダメ、もう……。

妃翠は強い眩暈《めまい》に襲われて意識が遠のくのを感じていた。

❀　❀　❀

真鶴妃翠はどこにでもいる平凡な少女だった。仲のいい家族と三人暮らしで、ありふれた毎日にそれなりの幸せを感じていた。

だが幸せな日々というのは、いつも失ってから気づくものである。

多くの同級生たちと同じように、妃翠はβの両親を持つ一般的な家庭で育った。共働きの両親は堅実な性格で、口癖《くちぐせ》は「普通が一番」だった。

βの両親から生まれた妃翠も、バース性はβだった。

一般的に日本では小学校高学年のときと中学卒業前にバース性の検査を行う。髪と血液から調べる検査方法は時間がかかるが、国が費用を負担する。バース性の検査はすべての国民が受けなくてはならない義務となっている。

その二回の検査で、妃翠はβだと診断された。稀《まれ》にβの両親からαが生まれることもあるらしいが、そのような奇跡が起こらなくて少しだけがっかりしたのを覚えている。頭脳《ずのう》明晰《めいせき》のαに生まれたら、楽に大学に進学できそうだから。

両親はそんなことを言う娘に、いつも通りの口癖を返した。普通で平凡な人生が一番幸せに暮らせるのだと。

妃翠が大学進学を視野に入れ始めた頃には、自分の人生に高望みをするのはしんどそうだと現実的な思考になっていた。

エリートコースなんて望んでいない。普通に楽しい時間が過ごせて、有意義な学生生活を送りたい。できれば交換留学制度のある大学に通い、数か月間海外で過ごして、そして同じβの彼氏を作って就職して……。

多くの同級生が歩むであろう道筋を思い描いていたのに……妃翠の運命はある日を境にあっけなく捻《ね》じ曲げられてしまった。

高校三年生の夏休みに両親が他界した。飲酒運転をしていた車と衝突して、打ちどころが悪くて二人とも助からなかった。

現実を受け止められない間に、数少ない親族の手を借りて通夜も葬式もすべて済ませて、気づいたときにはひとりぼっちになっていた。

会社勤めをしていた両親に借金はなく、娘のために学資保険に入っていた。両親の生命保険と貯金で大学進学や当面の生活に問題がない程度のお金があったことは幸いだった。

だが、妃翠の身体に異変が起こった。

両親の葬式から数日経った頃、突然身体が熱っぽくなり、お腹の奥がぐずぐずに溶けてしまいそうな症状に陥った。訳がわからず、誰もいない居間で蹲《うずくま》っていると、運よく近所のかかりつけ医が訪ねてきてくれた。ちょうど、妃翠の様子を見に来たところだったという。

子供の頃から世話になっている開業医の百瀬貴人《ももせたかひと》は、妃翠の父の友人で、妃翠にとっても親しい相手だった。百瀬の手助けがあったから、妃翠はなんとか日常を取り戻すことができていた。

苦しむ妃翠を見て、いつも冷静沈着な百瀬が彼らしくなく慌てていたのを覚えている。彼はすぐに病院に戻り、必要な薬を持ってきてくれた。

Ωのための緊急用の鎮静剤を持って。

何故突然バース性が変わってしまったのかはわからない。だがこの突然変異が他の人間にバレたら大変な騒ぎになることはわかる。

この国では、Ωは絶滅した幻の存在だと思われているのだから。

『いいかい、妃翠ちゃん。絶望するにはまだ早い。私は医者で、君の協力者になれる。Ω用の抑制剤を工面することも可能だ。だから、早まったことを考えてはいけない。君はまだ、幸せになることを諦めてはいけない』

バース性が突然変異したことでパニック状態になった妃翠は、百瀬に『両親のもとに逝《い》く』と喚いた。だが唯一の理解者である百瀬がその願望に待ったをかけた。生きて幸せになれる方法があるうちは死ぬことを考えてはいけないと根気強く妃翠に説いた。

まだ十七歳なのだから、やりたいことをやってから死になさい、と。

妃翠にとって、信頼のおける医師が味方についてくれたことは不幸中の幸いだった。彼は妃翠を国やΩの研究所に売ることはせず、妃翠が今まで通りに生きられる方法を一緒に模索してくれたのだ。

良き理解者で、親代わりで、唯一の協力者。

彼からの援助のおかげで妃翠はΩ性を他者に気づかれることなく、発情《ヒート》の抑制剤を飲みながらかろうじて社会に溶け込むことができていた。

もちろん、希望していた大学進学は諦めたし、一般企業に勤めることも叶わないと断念したが。抑制剤を飲んでいても、症状が軽くなってαを誘うフェロモンが抑えられるというだけで、身体は毎月数日発情状態になってしまうからだ。

毎月排卵期に訪れる発情期の最中にもし男に襲われでもしたら……とてもではないが、大勢の人間が集まる大学や一般企業には恐ろしくて行けやしない。

それでも、百瀬が融通してくれるΩの抑制剤のおかげで妃翠は無事だった。

だが、その唯一の理解者も亡くなってしまった。妃翠の手元にはもう、残りワンシート――半年分の抑制剤しか残っていない。

——先生……ごめんね……。

自分のせいだ。

彼が亡くなったのは、ずっと自分を匿《かくま》ってくれていたからだ。

もう誰にも頼ることはできない。他の人間にΩであることがバレれば、妃翠はこれから先一生自由に生きることができなくなる。

国に管理されて生き続けることになんの意味があるだろう？

妃翠の望みは、亡くなった両親が口癖のように言っていたように、ごく普通の生活を送ること。毎日コツコツ頑張って、ささやかな幸せを感じながら生きることだ。

Ωになったことで一般的な生活をすることは難しくなってしまったが、それでもまだ自分の意志でいろんなところに行けるし自由だ。Ωとして扱われるのではなく、妃翠をただの妃翠として見てくれる人の傍で安心できる居場所を見つけられたら……そう心のどこかで期待もしている。その一方で、そのささやかな望みを叶えることが難しいこともわかっている。

もし自分の存在が明るみに出てしまえば、普通からは程遠い世界に連れて行かれてしまう。

誰にも気づかれないうちに、年を越す前にいっそ消えてしまいたい。

およそ十年前、Ωになってしまったときに漠然と死のうと思っていたのが、今になって現実的に考えるようになった。

いつも、キャンピングカーの狭いベッドの中で目を瞑《つむ》ると、妃翠は己の死に方について考える。後ろ向きな願いを抱いたまま朝を迎えて、答えの出ない迷路をずっと彷徨《さまよ》い続けている。

――誰にも迷惑をかけずに死にたい……。

心の中で何度目かわからない呟きを落とす。

そのときふと、いつもと違うベッドの感触が伝わってきた。

腕を伸ばしても手が壁に当たらない。

どうも、いつも寝ている硬めのマットレスとは違う。程よくスプリングが効いていて、腰が痛くない。さらりとしたこの気持ちのいいシーツの感触も、自分のベッドに敷《し》いていたものだっただろうか。

――あれ？　なんだろう。なにか違和感が……？

重い瞼《まぶた》を押し上げる。

目に飛び込んできたのは、愛車の見慣れた低い天井ではなかった。

「え……っ!?」

心臓がドキッとした。まさか倒れた後病院に運ばれたのだろうか。

ゆっくり上半身を起こして周囲を見回す。白い壁を見て一瞬病院かと思ったが、個室にしては広すぎる気がする。調度品や壁に飾られている絵画を見て、ホテルの一室なのではないかと思い直した。

——ええ、でもなんでホテル？　一体なにがあったんだっけ……。

外はまだ明るい。そう長い時間気絶していたわけではなさそうだ。

贅沢からは程遠い暮らしをしている妃翠には、こんな高級そうなホテルとは縁がない。

広いベッドはキングサイズだろうか。

落ち着かない気持ちのまま記憶を遡《さかのぼ》ろうとして、身体の奥に燻《くすぶ》る熱を思い出した。

服が肌に張り付いて気持ち悪い。身体の汗は引いているようだが、微妙に湿った衣服が不快だ。

膝を擦り合わせると、下着が濡れていることにも気づかされた。シャワーを浴びてさっぱりしたいが、自分の吐息がまだ熱っぽい。

——発情《ヒート》が完全に治まったわけじゃなさそう……今は落ち着いているだけ？

あのαの男性はなんだったのだろう。一目見ただけで身体に異常が起きるなんて、ただごとではない。

妃翠は無意識のうちに両腕で自分を抱きしめた。状況がわからなくて怖い。

「……逃げなきゃ」

ここがどこなのかはわからないが、きっと先ほどの海岸からそう遠くは離れていないはずだ。

急いでベッドから下りる。上に羽織っていたカーディガンは脱がされていた。タートルネックのノースリーブ一枚だけで外に出るのは心もとない。近くに落ちていないかと探すが見当たらなかった。

――でも、車に戻りさえすれば着替えはある。

サングラスとカーディガン、それに帽子を一度に失うのは嫌だが、自分の身の安全の方が大事だ。

とはいえ、車のある海岸まで行くのも危険だが。

「起きたか」

「っ！」

背後から声がかけられた。

扉付近の壁に背を預けて妃翠を見つめる美丈夫は、帽子を拾ってくれた男だった。いつ扉が開けられたのかわからなかった。妃翠の身体が一気に硬直する。

サングラス越しでなく男を直視するのは初めてだ。目を合わせたくなくて、妃翠はすぐに視線を逸らした。

胎内《たいない》の熱がふたたび上昇しそうだ。

お腹の奥がキュウッと疼いたが、それには気づかないふりをして平静を装う。

「あの、帰ります。ご迷惑をおかけしてすみません」

今すぐここから逃げ出したい。

男の情報はいらない、聞きたくない。

この男が何者であろうと、自分とは関係ないのだから。

「目の前で倒れた女を介抱したというのに礼もなしか。いい態度だな」

——それはあなたが追いかけてきたからじゃない。

気絶する前の光景が蘇る。見知らぬ男に追いかけられることは、大抵の女性にとって恐怖なのだと知らないのだろうか。

しかし拾ったものを届けようとしてくれたのであれば、怒るのは筋違いだ。

いろいろ言いたい気持ちを我慢して、妃翠は「ありがとうございました」と告げた。だが男は扉の前から退く気配がない。

まだこの部屋から出さないという圧《あっ》を感じる。一体彼はどういうつもりで妃翠をこの部屋で寝かせていたのか。

——もしかして気づかれた？

手のひらにじわりと汗が滲む。

「真鶴妃翠、二十七歳。バース性はβとなっているが……どういうことだ、お前はΩだろう。今まで一体どうやって国を欺《あざむ》いてきたんだ？」

「……っ！」

――バレてる……！

一体何者なのだろう。

目の前に立っているだけで一般人と存在感が違うのがわかる。他者を圧倒するオーラは、βにはないものだ。

――やっぱり、間違いない。この男はαだわ……。

今までずっと接触を避けてきた特権階級の男に遭遇してしまうなんて、迂闊《うかつ》すぎて泣きたくなる。

だが、自分を責めるのはここを無事に脱出できた後でいい。今はこの男の前から逃げなくては。

「……勝手に女性の荷物を漁《あさ》ったんですか」

「素性を確認するのは当然だろう。持病があったらどうする」

至極当然だとでも言うように堂々と反論された。

男は妃翠の免許証を持っている。

身分証明書には名前と生年月日以外にもバース性が必ず記載されている。そこにあるのは妃翠がβだという証拠だ。

国に義務化されている検査は、思春期に学校で調べる二回のみ。その後に調べたい場合は、個人が民間業者に依頼をすることになるが、大抵の人間は二回目に受けた十五歳頃のバース性が最終的なものとして登録される。

妃翠も、十五歳のときに受けた結果がβだったため、免許証などの身分証明書は偽造ではない。

男が一歩、また一歩と妃翠に近づいてくる。

間合いを詰《つ》められるたびに妃翠は後退した。

男が放つ濃厚なフェロモンを吸い込まないようにしているせいで呼吸も苦しくなる。酸素ボンベでもつけたい気分だ。それかフルフェイスのヘルメットがあったら助かる。

「驚いたぞ。国がどれほど望んでも現れないのに、まさかβとして暮らしているΩがいるなんてな。これまで国を欺いてきた根性は褒めてやる。だが俺の前にのこのこ現れたのが運の尽きだ」

まるで映画の悪役のような台詞だ。そしてそんな台詞も様《さま》になる。

自分が無理やり舞台の上に引きずり出されたような居心地の悪さを感じながら、妃翠は冷静に相手に尋ねる。

「……あなたは、Ω保護管理局の関係者ですか」

もしそうだとしたら最悪だ。妃翠の人生はここで終わったも同然になる。

――あれほど院長先生に、保護局の人間にバレたらいけないって言われていたのに……。

「は？　俺がそんな無能な団体の人間なわけがないだろう。俺はΩの保護も管理もどうでもいい」

――さっきから気づいてはいたけど、この人すごい上から目線……。

α様だからだろうか。確かにαには俺様が多いが、ただのαがここまで自信家になるとも思えない。

顔は極上に整っている。視線を合わせたくなくて男の首あたりに焦点を合わせているが、何度かちらりと見た顔は悔《くや》しいほど美丈夫だ。

αは皆容姿が整っているが、この男は大勢のαの中でも別格に感じられる。まるでαの頂点に君臨するかのような風格――。

――まさか、ね？

αの中でも特にαの性質が強い人間は、他のαを従えられるという。

運が悪いと思うようなことは幾度となく経験してきたけれど、自分の素性が「αの中でも頂点に立つ男」に知られるなんて、そんなことはさすがに起こらないだろう。そのような男と街中ですれ違うことすら宝くじに当たるような確率なのだから。

「そうですか、私もあなたのことに興味はないので自己紹介は結構です。放っておいてください、もうご迷惑はおかけしませんので」

「気に食わねえ。女から興味がないと言われたのは初めてだ」

「初めてのご経験ができてよかったですね」

できるだけ冷たく刺々《とげとげ》しく接する。こんな可愛げのない女には関わりたくないと思わせるように。

だが怒らせてしまったら逆効果かもしれない。怒った末にお腹に一刺し……という血なまぐさい殺傷事件になってしまうかも。

……でももう、それならそれでいいか。

下手に生き延びたくないから、息の根を止めてほしい。急所を狙ってもらわなくては。

そんなことを考えていたら、いつの間にか男がすぐ目の前に迫っていた。

妃翠は慌てて一歩下がるが、後ろはもうベッドしかない。

「本当気に食わねえな。俺の目を見ないのも、怯《おび》えを隠そうとしてるのも。お前は一体なんだ？　何故俺の前に現れた」

「……偶然です。別にあなたのことなんて知らないし」

「はあ？　この顔に見覚えがないだと？　正気か」

男の手が妃翠の顎《あご》を摑んだ。

グイッと顎を持ちあげられる。強制的に男の顔を直視させられる羽目になり、妃翠は目を見開いた。

飛び込んできたのは柘榴《ざくろ》色の目。黒だと思っていた目には、赤が混じっているらしい。

猛禽類《もうきん》のように鋭く、熱を宿す目が恐ろしい。本能的な恐怖を抱きつつも、身体は彼に触れられていることを喜ぶように、蜜を分泌させていた。

――浅ましい……こんな身体、捨ててしまいたい。

目がじわりと潤《うる》んでくる。その瞬間、顎を掴む男の指から力が抜けた。

「……皇大雅《すめらぎたいが》だ。覚えておけ」

苛立ちの滲む声で男が名乗った。

どこかで聞いたことがある気がする……いや、その姓は現総理大臣と同じではないか。

「総理大臣と同じ苗字……」

「ああ、息子だからな」

さらりと告げられた事実に眩暈がしそうだ。

この国のトップの息子が何故ふらふらと海岸をひとりで歩いているんだと詰《なじ》りたくなる。

――やっぱり私ってついてない……。

すぐにでもΩの存在が国中に知れ渡ってしまうだろう。そうなれば死ぬまで監視され続ける人生だ。子供を産まないという選択肢は与えられず、好きでもない男と番にさせられる悲劇もあり得るのだ。

「こちらの素性は明かした。次はお前の番だ。βだと偽り続けられたのはなんでだ？　何故あの場所にいた」

大雅の手が妃翠の顎から首に移れば、妃翠の細い首など片手であっても簡単に絞《し》められてしまうだろう。

自分の首が初対面の男に絞められる可能性を想像しながら、妃翠は諦めたように語り出す。

「βだったからよ。両親も、私も。高校三年生の夏までは確かにβだった。でも、突然発情期がやってきたの。生まれつきのΩではないから、私の存在が明るみに出ていないだけ」

「毎月発情期があるのに社会生活が送れていたと？　よく周囲を欺き続けられたな。保護局に通報されたら強制的にΩの検査を受けさせられただろうに」

「……抑制剤を飲んでいたから」

とはいえ、まともな学生生活を送ることは諦めざるを得なかった。

クラスメイトは皆、妃翠は両親を亡くしたから塞《ふさ》ぎこんでいるのだと思い、その変化を深く追及してこなかった。少し冷たくも感じるが、そっとしておいてくれたクラスメイトの優しさがありがたかった。

毎月の排卵期には学校を休むようになった。出席日数がギリギリ足りるように調整して、なんとか卒業式にこぎつけた。

希望していた大学進学も諦めて、人と関わらずに自立できる方法を模索する日々を送っていたのだ。

妃翠は幾度となく諦めながら今まで生きてきた。

人生に希望なんてない、親しい友人も恋人も作れない。励まし続けてくれた先生もいなくなってしまった。心が冷たく渇いている。

――この男が敵か味方かなんてわからないし、もうどうだっていい。

「何故俺から逃げた？」

「え」

「答えろ、妃翠」

家族以外の異性に名前を呼び捨てにされたことがなくて、不覚にもドキッとした。

心臓が騒がしくなる。それは名前を呼ばれたからか、それとも逃げた理由を確認されたからか。

「……身体に不調が起こったからよ。あなたを見た瞬間に。だから、今も離れたくて仕方ない。私に触れないで、離れてください」

――この男の声も毒のようだわ。

理性をぐずぐずに溶かされそうだ。視線の強さも妃翠の体温を上げるスパイスになっていた。

一体何故こんな異常を感じるようになってしまったのか。自分の身体がコントロールできなくて怖い。

「離れろと言われると離れたくなくなるし離さない」

「な……」

「ここから出て行ってどこに行くつもりだ？　あのおんぼろキャンピングカーに戻るのか？　それとも俺以外のαに保護されるか？　どちらも却下だな。考えるだけで腹立たしくて殺したくなる」

――発言が物騒！

自分に殺意を向けられているのか、それとも想像上のαに向けられているのか。不穏な台詞が恐ろしいが、逆にそれが妃翠を冷静にさせた。

「別に、私は誰にも保護を求めていないです。今までだってひとりで生きてきたんだし、これからもひとりでいい……」

「ひとりでどこに行く。あの薄汚れたキャンピングカーだけでどうやって生きていく」

「いちいち失礼な人ですね、十分乗れるし故障もしてないです。……目的地なんてありません。ただ死に場所を探していただけ」

冷静さを取り戻したはずが、迂闊にもつい本音がぽろりと零れ出た。

ハッとしたときには、男の目に剣呑な光が宿っていた。鋭い眼差しに猛烈《もうれつ》な怒りが浮かんでいる。心なしか先ほどよりも目の色に赤みが増したように感じた。

「死に場所を探していただと？」

低く唸《うな》るような怒声。妃翠の肩が震える。

「きゃ……っ」

身体を押されて、ベッドの上に倒された。

慌てて起き上がろうとしても、大雅が血に飢えた獣《けもの》のような眼差しで妃翠の両手を拘束する。

自分の上にのしかかるこの男は何故これほど苛立っているのだろう。

緊張と恐怖と、そして他者を圧倒するαのフェロモンにあてられて、妃翠の頭も身体もぐちゃぐちゃになりそうだった。

彼と視線を合わせるだけで全身から力が抜けていく。身体が怠《だる》くて起き上がることもできそうにない。

「許さない。俺から離れることも、死んで逃げることも」

「いた……っ」

ベッドに縫《ぬ》い付けるように両手首が拘束されている。妃翠の手首が痛みを訴えた。

初対面の男から突然執着めいた感情を向けられ混乱する。いや、恐怖心の方が強い。

何故そんなことを……と思ったが、Ωだからという以外の理由がなかった。

――私がたまたまΩだったから、希少価値があるから逃がしたくないんでしょう？

今まで妃翠が出会ったαは数人いる。同級生のαは進学クラスに入っており、妃翠と接点はほとんどなかったが、百瀬院長はαだった。

彼は妃翠が発情状態になっていても、理性を失わず冷静に対応できる鋼《はがね》の自制心を持っていた。元々大病院の外科部長を務めてから、妃翠の実家の近所で開業したのだという。幼い頃から世話になっていたからか、妃翠にとって彼は唯一αの中でも恐ろしくない人物だった。

もしこれから大雅以外のαと知り合うことがあれば、こんなふうに本人にもわからない執着を見せられるのだろうか。それはなんとも恐ろしく、妃翠にとっては迷惑な感情だ。

首が熱い。じんわりと汗をかいてきているのを感じる。

「覚悟を決めろ。俺を選んで番となるか、発情期のたびに無差別にαを誘惑し、獣のように犯されるか。どちらの未来がいいか、今すぐ選べ」

「……っ！」

――番……！

常にタートルネックで隠している場所に汗が流れる。ここを噛まれたら、強制的に番にさせられてしまう。他に運命の番がいるかもしれなくても、先に番ってしまった相手が最初で最後の番だ。

Ωとαにのみ発生する番という関係は、神の悪戯《いたずら》以外に当てはまる言葉が浮かばない。

たとえ双方が惹かれ合っていなくても番になることができ、身体的に結びつく関係となる。つまり、相手といると繋がりたくなるのだ。

——まさか私を番に望むなんて……。

皇家は代々優秀なαを輩出するαの名家だ。そしてαの中でもヒエラルキーが存在し、日本国内のαの頂点に君臨するαを帝王と呼ぶ。

薄々勘《かん》づいていたが、この男が現在の帝王と呼ばれるαだろう。特に強いαは、視線ひとつで他者を服従させられる能力を持つらしい。

幸いΩには効かないようだが、彼の強すぎるフェロモンにクラクラする。なにも考えずに頷きそうになる。

——ダメ、そんな危険なこと……！

「なんで急に……、そんな出会ったばかりで言われても」

「時間をかければかけるだけ、お前は窮地に陥ることになるぞ。抑制剤を飲んでいたにもかかわらず発情状態になったのは偶然なのか？　他のαにも同様な状態になっていたらどうする。Ω用の特別施設に入れられて、一生不自由な家畜生活を送りたいのか」

「……っ！」

妃翠の顔から血の気が引いた。

Ωになった直後、自分の置かれた状況を把握しようと、いくつか海外のニュースを見たことがあった。動画サイトに投稿されていたニュースでは、Ωだと判明した十六歳の少女の首に、大人が数人がかりで番防止の幅広のチョーカーをつける場面が映し出されていた。少女は半狂乱で泣き叫んでいたにもかかわらず、彼女のためだと言いながら、無理やり押さえつけるように拘束したΩ保護局の人間を見て震えが走った。これはまるで首輪のようではないか、と。

その少女は家族と離れ離れになり、政府機関の施設に入所させられるだけではない。発情期の管理から番の選定まで、すべて本人の意思を無視して事務的に行われるのだ。

他の国でも、Ωに関わるニュースは悲惨なものばかりだ。Ωであることが発覚する前に、少女が突如街中で発情状態となり、数人のαに襲われる事件もあった。少女はその後然《しか》るべき機関に保護されたが、誰の子供かわからない子供を身籠《みご》もり出産。Ωに堕胎《だたい》は認められておらず、たとえ望まぬ妊娠でも、中絶は許されないという身勝手な国の法律があるのだ。

それらのニュースを見て妃翠は絶望した。Ωの人権ってなんだろう、と。

どう考えても被害者はΩなのに、αを擁護《ようご》するような意見が主流で、果てはΩが誘惑したというコメントもあり、ゾッとして震えが止まらなくなった。

海外に住む同じ年頃の少女が痛ましい思いをしているのはまったく他人事ではなかった。明日は我が身かもしれないと思うと、家に閉じこもるようになった。

幸い日本ではΩの中絶に関する法律はないようだし、望まない妊娠はピルを服用することで避けられると知ってからは外に出られるようになったが。それでも毎月欠かさず抑制剤を飲まなければいけない。

今まできちんと抑制剤を飲んでいたのに、今回は何故突発的に発作が起きたのか。その理由にはうっすら見当がついているが、答えを知りたくない。

目が合うだけで、声を聞いただけで、体温を感じるだけで身体の芯まで溶かされそうになる理由。それは目の前の男が妃翠の運命の番だから……という可能性が高い。

——いや、考えたくない。番なんて見つかるとは思ってなかったのに。

妃翠が持っている抑制剤は残りワンシート。あと半年分しか残っていないのであればその半年間をαに怯えて暮らすより、条件付きで番を得て、無差別にαを誘惑せずに今後の人生設計を考え直す方がいいのではないか。

αを誘惑して犯されてしまえば、誰の子供かわからない子供を孕《はら》む羽目になる。そんな悪夢のような事態は避けたい。

大雅の視線がじりじりと妃翠を焼き焦がそうとする。

胎内の疼きは治まるどころか増していくばかり。まるで渇いた身体が潤いを求めるように、極上のαの精を望んでいる。

薄く開いた口から洩《も》れる吐息が熱っぽい。

強制的に高められた身体を嫌悪しながら、妃翠は悪あがきのように「まだ抑制剤が残ってるわ」と告げた。

「俺がそんな逃げ道を残すと思うのか。お前が所持する抑制剤は捨てた」

「……す、捨てた!?」

「六つしかなかったな。トイレに流した。もう戻らない」

「え……っ!」

完全に逃げ道を塞いだ上での交渉だった。いや、これでは脅しではないか。

——なんてひどい男……!

他人の私物を勝手に捨てるなんて。

命の綱が断ち切られてしまった。抑制剤がなければ、妃翠はもはや半年すら今の状態を維持できない。

「妃翠、俺は気が長くはない」

ぎらつく眼差しはなにかを堪えているかのようだ。柘榴色の瞳が赤く光る。

そこでふと、大雅の額にもうっすらと汗が滲んでいるのに気づく。そのときようやく妃翠は悟った。

——この人も発情していたの……!?

Ωのフェロモンにあてられ、強制的に高められていた状態だっただろうに、今まで我慢できていたことは賞賛に値する。気が短いというけれど、十分忍耐強いようだ。

αには発情期はないが、Ωのフェロモンに誘発されて発情状態にさせられる。理性を失い獣のように獰猛《どうもう》になるのだそうだ。

妃翠が寝ている間に犯せたのに、彼はそうはしなかった。何故だかその事実を知ることで、妃翠の覚悟が決まった。

——……もう、いいかもしれない。この人のものになっても。

運命の番については過去の事例でしか知らない。人によって感じ方が異なるため、言語化するのは難しいそうだが、番のαとΩに共通して言えるのは抗いがたい本能的ななにかを感じるということだ。引力のように惹きつけられて、強い発情状態になるらしい。

理屈ではない。ただ相手が欲しいのだという強い衝動が湧き上がるのだそうだ。

——正直本当に彼が運命の番なのかはわからないし、会ったばかりで当然恋愛感情はない。でも、強いαに守られるなら、それもいいかもしれない……。

異様に喉が渇いている。お腹の奥が空腹感を覚えたときのような空虚さを訴えてくる。

目の前にあるご馳走《ちそう》に何故飛びつかないの？　とΩの本能が苛立っている。手を伸ばせば極上のαが手に入るのにと……。

——Ωの本能なんて、気づきたくなかった。

身体が熱くて頭がうまく働かない。

だがこれだけははっきり言わなければならない。

「……あなたの番になってもいいけれど、条件があります」

「なんだ」

「私が死にたくなったら、あなたが私を殺してください」

「……ッ！」

大雅の目に殺意が迸《ほとばし》った。ひと際強く放たれたフェロモンにも怒気が混ざるのを感じる。

「お前、ふざけるなよ！　俺に番を殺させる気か!?」

「……っ」

唸り声が響く。

本気の怒声が恐ろしい。けれど同時に、心のどこかで心地よく響いた。

両親が亡くなってからは、誰かに本気の感情をぶつけたことも、ぶつけられたこともないから。いや、相手がこの男だからかもしれない。

——私、どうかしている……彼の本気の感情が嬉しいなんて。身体も頭も変だ。自分のことなのに摑みきれない。

では、このαは今、どういう心境なのだろう。

もしかしたら思い通りにならないから怒っているだけなのかもしれない。苛立ち以外にどんな気持ちが混じっているのだろうか。

「……私を殺すって約束ができないなら、あなたとは番にならない。他の独身のαを探して誘惑するかも……」

嘘だ、そんな誘惑なんてする度胸はない。

こんな怖い交渉も体験も、二度と繰り返したくない。

だが大雅は妃翠の言葉を真に受けたようだ。愛しい女性を見つめる目とは言いがたい鋭い眼差しで妃翠を捕らえる。

「なら、死にたいだなんて思わせねぇようにしてやるよ」

自信家で傲慢な男の発言を聞いて、妃翠の胸に安堵が広がる。

最終手段に死を考えなくていい人生。当たり前の日常生活を保証してくれるなら、これ以上心をすり減らさなくてもいいかもしれない。

――番ができたら、無差別にαから襲われる可能性もなくなる。死に場所を探すあてのない旅もしなくて済む。

Ωのフェロモンは番にしか効かなくなる。発情期に怯えなくて済むし、半年分の抑制剤がなくなったことを考える必要もない。

ひとりでいるより安全だ。守られる檻ができるのだから。

「だから逃げるな」

「……逃げられないわ」

視線ひとつでこの男に身体が作り替えられてしまう。少し前からもうずっと身体に力が入らず、逃げる気力も湧いてこなくなっていた。

「いいんだな」

最後の確認をされて、妃翠は頷いた。

妃翠を見下ろす顔が近づいてくる。吐息まで熱く感じた。

「あ……っ」

悩ましげに眉を顰《ひそ》めたまま触れてくる唇は柔らかくて甘い。そっと触れられただけなのに、妃翠の背筋に電流が駆けた。

——なに……っ？

唇が合わさっただけなのに、脳髄《のうずい》まで痺れたような感覚。視界がチカチカして、相手から香る濃厚な匂いが濃くなった。

恋とは無縁に生きてきた。βだった頃は、普通の少女と同じく憧《あこが》れの先輩やかっこいい同級生に惹かれたこともあったが、告白するまでには至らなかった。

Ωになってからは人と関わる機会を極端に減らして、常に孤独に生きてきた。恋愛する余裕などなかったと言っていい。

無理やり奪われるのではなく、合意の上で誰かとキスができるとは思ってもいなかった。相手がこんな大物なαだというのが予想外だったけれど。

「息、止めるなよ」

大雅が頤《おとがい》に指を添えたまま唇を離して呟いた。

甘く濡れた声だ。自分のようなひ弱なΩなど一瞬で狂わせる。

うっすら唇を開くと、すかさず肉厚な舌がねじ込まれた。他人に口内を暴かれることは初めてで、妃翠の心臓がひと際大きく跳ねる。

「んぅ……ッ！」

縮こまった舌を引きずり出される。粘膜をざらりと舐められて、妃翠の腰がビクンと反応した。

——なに……これ……？

大雅の唾液が甘露《かんろ》のように甘く感じられる。先ほどより体温がさらに上昇したようだ。身体が熱くて服を脱ぎたい。素肌で触れ合えたら、どれだけ心地いいだろう——。

「クソ、甘い……なんだこれは」

ふいに唇を離した大雅が呟きを落とした。

その声につられるように、妃翠も閉じていた目を開ける。

至近距離から見上げた彼の表情はひどく艶っぽかった。柘榴色に光る目がしっとりと情欲に濡れていて、ガーネットのように見える。頬も上気して、ギュッと寄せられた眉根から苦悩が察せられた。

「こぼすなよ。俺の唾液は全部飲め」

唇の端から垂《た》れたものを親指で拭われた。その指を妃翠の口に突っ込んでくる。

理性が薄れて本能が勝った今、妃翠はなんの抵抗もなく大雅の指を丹念に舐めた。

――甘い、もっと……。

自分がどのような顔をしているのかさえわからない。

だが妃翠が顔を上げると、大雅は息を呑んだ。突っ込んでいた指を引き抜いて、荒々しく口づけてくる。

室内にぴちゃぴちゃと響く唾液音がいやらしい。頬の粘膜を彼の舌先でなぞられるのが気持ちいい。

衝動のまま食べられてしまうのではないか。貪るようなキスに呼吸も奪われそうになる。

「あ……ンァ……ッ」

キスをしながら、汗を吸い込んで湿ったタートルネックのノースリーブがめくりあげられた。

大雅の手が剝き出しになった臍の上を撫でる。少し汗ばんだ手が生々しい。

たっぷりと互いの唾液を交換し、唇が赤く腫《は》れた頃。大雅がようやく満足そうに顔を離した。胸までめくりあげられていたトップスを頭から脱がされる。

「ん……っ」

汗をかいて濃密な香りがしみ込んでいるだろう。

大雅はそれを一嗅《ひとか》ぎしてからベッドの端に放った。

「たまらねえ。媚薬か？」

独り言のように呟かれた。先ほどよりも追い詰められているのか、大雅の呼吸も荒々しい。

肌に張り付いたジーンズも慣れた手つきで脱がされる。腰を上げさせられて足首から抜かれると、下着だけの頼りない姿になってしまった。

「……見ないで」

「できるか、そんなこと」

なんの飾り気もない上下の下着は機能性優先で選んだものだ。

ノンワイヤーのネイビーのブラジャーとショーツ。同じデザインで揃えていただけよかったかもしれない。

「これはこれで悪くねえが……もっとお前に似合うものを贈ってやるよ」

そう言いながら、大雅がブラジャーのホックを外した。

異性に下着を贈られるなんて経験したことがない。どう受け止めていいのかわからないまま、妃翠はただ彼の手に翻弄される。

「ン……ッ」

手早く脱ぎ取られたブラジャーもベッドの端に放られた。咄嗟に両腕をクロスさせて胸を隠す。

「なんだ、谷間を強調してるのか」

「ちが……っ」

もちろん違うけれど、手を離す勇気がない。

軽口を叩いているが、大雅には余裕は一切なさそうだ。荒々しい手つきでシャツを脱いでベッドの下に放った。

まだ上半身だけとはいえ、男性の裸を見たことはほとんどない。くっきりと線の入ったシックスパックからして、彼が身体を鍛えていることがわかる。

雄のフェロモンが濃厚に漂ってくる。この逞しい肉体に抱きしめられたらどんなに……。

――私が私じゃいられない……。

ふわふわとした心地から抜け出せない。自分の奥底に眠る欲望がずっと声を上げている。

早く触れてほしい、触れたい。

濃密な香りを堪能して、堪能されたい。

ひとつに繋がりたい。ぐずぐずに蕩《とろ》けて、そのまま首を噛んでほしい……。

これがΩとしての本性であるのははっきりわかった。首裏が熱を持ったようにそわそわして落ち着かない。

「妃翠、今まで男に抱かれたことはあるか」

妃翠は緩慢な動きで首を左右に振った。

「ならここに入るのは俺が初めてだな」

下腹を撫でられる。

その動きと彼の体温を感じて、妃翠の子宮が強く収縮したのを感じた。

「あ……っ」

蜜が零れる。下着はキスをされる前から濡れていて気持ち悪い。

「匂いが濃くなったな」

両脚を立てられ、ショーツを脱がされた。蜜を含んだ布はきっと重い。

大雅は妃翠の膝を広げさせて、その中心に顔を埋めてきた。

先ほどまで唇にキスをしていた肉厚な舌があらぬところを舐めている。

「や……ダメ……ッ」

ズズ……と愛液を啜《すす》る音が淫靡に響いた。いやらしくて逃げ出したいのに、しっかり脚を固定されているため逃げ場がない。

固く閉ざされている蕾《つぼみ》をほころばせるように、大雅の舌が蜜口をこじ開ける。

丹念に蜜を舐めとりながら、時折花芽も舌先で刺激した。

「んぁ……っ」

妃翠の両手がシーツを握る。ぞわぞわとした震えが止まらない。

快楽の逃がし方を知らないため、胎内に燻る熱をどうしていいのかわからない。

「舐めても舐めても止まらねえ……」

——そんなところで喋らないで……。

些細《ささい》な刺激すら敏感に感じ取ってしまう。大雅の吐息も快感を高めているようだ。

控えめな花芽に強く吸いつかれた。そのまま軽く歯を当てられて、妃翠は声にならない悲鳴を上げる。

「——ッ！」

身体が浮遊するような感覚。一瞬、頭が真っ白になり、高みから落とされる。

絶頂に達したのだと気づくが、四肢が重怠くて動かせそうにない。

「軽くイッたか」

潤んだ泥濘《ぬかるみ》に指が一本挿入される。

痛みはなくすんなり入ったのは十分潤っているからだろう。大雅は妃翠の様子を窺いながら、二本目の指を挿入した。

「ア……ッ」

異物感があるが、痛みはない。ただ少し引きつれているような気がする。

妃翠は胸を隠すこともすっかり忘れて大雅の前に裸身を晒《さら》していた。膣内に彼の指を挿入されたまま反対の手で胸を揉《も》みしだかれる。

「アァ……ッ」

ぐちゅぐちゅと下肢から淫靡な水音を響かせながら、胸を弄られ、頂《いただき》を舐められる。そのいやらしい光景を目の当たりにしただけで、妃翠は無意識に膣内の指を締め付けてしまった。

――気持ちいい……気持ちいい……。

「ンァ……もっと……あぁん……ッ」

触れられる箇所がすべて熱い。自分で触れてもなんとも思わないのに、些細な動きにも神経が集中してしまう。

胸の蕾に強く吸いつかれると、ふたたび頭が真っ白になってしまいそうだ。

強制的に高みに上らされるのは怖い。知らない自分に身体も心もどんどん作り替えられてしまいそう……。

「っ……、もう抱かせろ……！」

大雅が我慢の限界を訴えた。すぐさま両膝を彼の腕にかけられる。

妃翠の中心部に熱杭が押し当てられた。

まだ十分に解れていないかもしれないという恐れはなかった。ただ早く繋がりたくて、どろどろでぐちゃぐちゃにしてほしくて。与えられる快感に期待がこみ上げる。

「あぁ……、はぁ……っ」

性器同士がこすれ合う。その刺激がとてつもなく気持ちよくて、気が飛びそうだ。

それは大雅も同じなのだろう。余裕のない表情で苦しそうに荒い呼吸を繰り返していた。

「ンンゥ……ッ！」

グプン……と先端が蜜口に挿入された。

たっぷり愛液をこぼしているため、引きつれたような痛みもない。微かな引っかかりを感じたがそれも一瞬で、太く逞しい雄が隘路《あいろ》を押し開いて最奥まで貫いた。

「――ッ！」

目の前に火花が散った。呼吸を忘れて息を呑む。

痛みがあったのかもわからない。ただ、内臓を押し上げる圧迫感が苦しい。

だが異物感に眉を顰めたのもわずかな時間で、満たされているという充足感が次第に押し寄せてくる。

苦しさを凌駕《りょうが》する快楽の波が妃翠を高みへ攫《さら》おうとする。

「アァ……はぁ、ンァ……ッ」

――痛い、痛くない、苦しい？　わからない……気持ちいい、もっと……。

熱く蕩けた膣内に大雅がいる。その存在感が愛おしくてたまらない。

だが一瞬感じたその気持ちに、頭のどこかで違和感を覚える。

一体何故愛おしいと感じるのだろう？

初対面の男だ。数時間前までは名前も知らない、顔も合わせたことがなかった相手。やっていることは行きずりの男と身体を重ねているのと同じなのに、心も感情も満たされている。

――なんで？　わからない、わからないけど……わからなくてもいいかもしれない。

難しいことを考える必要はないのかもしれない。

今はただ快楽に身をゆだねて、一時の激情に流されてしまえばいい。

「ンン……ッ」

膣壁が蠢《うごめ》く。

大雅の楔《くさび》をもっと奥へと呑み込むように、一滴も精をこぼさないとでもいうかのように、妃翠の本能が大雅を喰いつくそうとする。

「……グッ、締め付けるな」

苦しげに喘《あえ》いだ男の表情が扇情的に見えた。

妃翠の中にじわりと愉悦が広がっていく。

――ああ、もっと……。

もっとその表情が見たい。雄としての色気も、切羽詰まった表情も、掠《かす》れた喘ぎ声も。

少しずつ身体と心が作り替えられているようだ。

「あなたも、乱れて……」

口から洩れた囁《ささや》きは妃翠も知らない甘えた声。

濡れた瞳がしっとりと大雅の視線を絡めとる。

「ああ、存分にお前も乱してやるよ」

大雅が妃翠の両脚をグイッと持ちあげた。真上から串刺しにするように、妃翠の最奥へ欲望を叩きつける。

結合部が生々しく視界に入る。赤黒い肉杭が妃翠の秘めた蜜壺に呑み込まれていく様を見て、咄嗟に目を逸らそうとした。

だがすぐさま大雅から「逸らすなよ」と叱責《しっせき》される。

「お前が誰に抱かれているのか、その目で見るんだ」

ぐ、ぐ……っ、と子宮口を叩かれる。

そのたびに妃翠の口から断続的な喘ぎが漏れた。

「ア……アァ……ッ」

浅く深く、強弱をつけながら膣壁を擦られる。今まで感じたことのない快感が妃翠を苛《さいな》んでいた。

入口付近も奥も、彼の逞しい雄に擦られるのが気持ちいい。

いつしか痛みや苦しさなどはどこかに消えている。大雅の精を搾《しぼ》り取ることしか考えられない。

——ちょうだい……全部ちょうだい……。

自分以外の誰かにそう囁かれているようだった。

本能の声にせがまれるまま、妃翠はギュッと大雅を締め付ける。子宮がキュウッと収縮した。

「……ッ！」

その瞬間、大雅が限界を迎えた。

欲望がふるりと震えて、最奥に白濁した飛沫《ひまつ》がかけられる。

「あぁ……」

満たされていく。今まで感じたことのない未知の快感に酔いしれそう。

温かなものが妃翠の胎内に吸収される。恍惚《こうこつ》とした心地になったが、その感覚に浸る間もなく身体をグイッと起こされた。

「っ、まだだ」

「え……あぁ、ンッ！」

座ったまま大雅の上にのり、対面座位になる。

腰を抱き寄せられて肌が密着した。しっとりと汗ばんだ肌の感触は心地いいが、妃翠は困惑する。

——なんで？　今出したばかりなのに……！

圧倒的な存在感が未だに胎内に在った。萎《な》えたはずの楔は瞬く間に力を取り戻し、妃翠の最奥をコリコリとノックする。

「ふか、い……っ」

自分の重みが助けになり、より深く大雅の欲望を咥《くわ》えこんでしまう。

慣れない感覚に恐れを抱きそうになるが、大雅にキスをされたことで甘い欲望がふたたび湧き上がり、目に熱が宿った。

「ぁ……ん……」

口内の熱さはどちらのものだろうか。蠢《うごめ》く舌はどちらから絡ませているのだろう。

頭がぼんやりとしてわからない。けれど余計なことは考えなくていい。

ぴちゃぴちゃと唾液音が鼓膜を震わせる。滑りがよくなった粘着質な水音が下肢からもぐちぐちとあたりに響いていた。

これは自分の雄だ。自分だけの雄なのだと、本能が強く欲している。

目の前の雄だけが自分を満たしてくれる存在——。妃翠の目が淫靡に濡れる。

「たい、が……」

「ッ！　その目、悪くねえ、な！」

腰に手を添えられて、大きく上下に揺さぶられた。自然と妃翠も大雅の肩に両手を置いてバランスを取る。

拒絶したい気持ちは残っていない。余すところなく喰らいたいだけ。

荒い呼吸が室内に充満する。ぐちゃぐちゃになったシーツの上で獣のように絡み合い、ひとつになる。

これは恋でも愛でもない。ただの契約に過ぎないのに。

妃翠は自分でも知らなかった一面に気づかされた。淫らでいやらしいのは、女の本能か、もしくはΩだからか。

Ωは生殖に特化したバース性だ。一度の交わりで妊娠する確率は、他のバース性より圧倒的に高い。排卵期に発情期を迎えるなど、まさに妊娠するための性だろう。

そのリスクを避けるために、妃翠はずっとピルを服用している。

大雅の熱に翻弄されつつも、頭の隅で安堵していた。望まぬ妊娠をすることがないなら、ずっと抑え込んでいたものを解放して乱れても、最悪な事態にはならないと。

——気持ちいいことは罪ではない……。

「アァ……ンァ……ッ」

胸の頂をコリッと摘まれる。その刺激も、なにかが弾けそうなほど気持ちいい。

背中から腰を撫でる手も、丸みを帯びた臀部《でんぶ》を強く揉まれるのも。

無意識に妃翠は大雅を抱きしめる。大雅はわずかに息を呑んだ。

「お前が縋《すが》りつくのは俺だけだ」

耳元で囁かれた。色気の混じる低音の美声すら、妃翠の感度を高めさせる。

「ん……っ」

無意識に膣内の肉杭をキュッと締め付けると、大雅の呼吸が乱れた。

そして一拍後、花芽をグリッと刺激される。

「あ――……ッ！」

強制的に絶頂を味わい、目の前に火花が散った。その直後、身体をぐるりと反転させられてうつ伏せに倒される。

まだ絶頂の余韻に浸ったまま、背後から大雅の楔が深く妃翠の最奥を突いた。

「――ッ‼」

首が熱い。

いつもタートルネックで隠されていた首の裏を噛まれたのだと気づいたのは、大雅が遅れて達した後だった。

「……クッ」

獣のような体勢でのしかかられながら、妃翠は大雅に抱きしめられた。

「あ……あぁ……っ」

首が痛い。身体の変化が怖い。身体が熱くて呼吸が乱れてしまう。

けれどどこかその変化が心地いい。ずっと待っていたと思えるような、たとえようのない刺激。

背後から妃翠の顎を摑まれ目を覗き込まれる。男の目が深い柘榴色に光っていた。

その光を見た瞬間、精を浴びた胎内がこれまで以上に疼き出した。

——ああ、この雄が私の番……。

強くてしなやかで美しい、自分だけのα。

一瞬で芽生えた執着心に似た感情。

頭で理解できないものには乱されたくないのに、自分を庇護するαができたことが、妃翠の孤独な心に安心感をもたらしていた。

第二章

気が付くと外はすっかり暗くなっていた。この部屋で目が覚めたときはまだ昼過ぎだったはずだが、今は一体何時だろう。

――私……なにがあったんだっけ。

ぼんやりした頭を動かしながら身体を起こそうとする。が、鉛のように重い。

「いた……」

あらぬところに鈍痛を感じる。股《また》に残る異物感の原因を思い出し、妃翠の顔は一瞬で赤くなった。

「……ッ！」

処女喪失、という四文字が頭に浮かぶ。大事に守ってきたものをこんなにもあっさり失うとは思わなかった。

恋愛とは一生無縁に生きていくのだと思っていたから、幸せな初体験ができるとは思っていなかった。最悪なのは合意なく無理やり奪われること。相手がひとりではなく複数のんだけど。

可能性もあった。αが理性を失った状態で。

その事態を免れただけでも自分はきっと運がいい。

——合意の上で初体験を迎えられるとは思わなかったわ……でも最後の方、記憶がないんだけど。

少し身じろぎをしただけで股からなにかが溢れてくる。経血が零れたような感覚が不快だ。じわりと零れ出てくるそれは、妃翠が今日初めて触れたもの。

——まさか、精液!? うそ、一体何回出したの!?

ピルを飲んでいなかったら絶対妊娠していたと確信できる。Ωの危険日は他のバース性よりも期間が長いのだ。データを見たとき、恐ろしさのあまり震えたが、ある意味Ωらしいと納得もしたものだ。

重さを感じさせない羽毛布団をめくり、時間をかけてベッドを下りる。わずかな動きもからくり人形のようにぎこちない。

汗や体液は拭われているようだが、シャワーを浴びたい。今日は真夏日のように暑かった。

ベッド脇のナイトテーブルに置かれているミネラルウォーターを手に取ると、一気に半分ほど飲み干した。随分と喉が渇いていたらしい。水分補給ができると頭が少しずつクリアになっていく。

——あの男は？

寝室のどこにも大雅が見当たらない。起きたときにあれほど顔のいい男の寝顔を見たら驚きすぎて心臓が飛び出てしまいそうだが、そんな事態にならなくてよかった。

ベッドの端にバスローブが置かれているのに気づく。全裸のまま移動するのを嫌がると思ったのだろう。その配慮をありがたく受け取り、ぎこちない動きで素肌の上にバスローブを羽織る。

——浴室はどこだろう。ああ、でもシャワーよりもお風呂に浸かりたい……。

一歩、二歩と歩くだけで股からツ……と精液が伝う。その感覚に慣れないし、カーペットを汚さないか気が気でない。

壁沿いに伝い歩きをしないと身体もうまく支えられず、歩くと振動で中から卑猥な体液が零れ落ちるなど、恥ずかしすぎて泣きそうだ。

ティッシュで拭いたい……と視線を彷徨わせるが、寝室にそれらしきものは見当たらない。きっと浴室に全部備わっているのだろう。

——もう……もう！

徐々に腹立たしい気持ちになってくる。無駄に広い部屋も今は恨めしい。

うまく動けず、ただ股を擦り合わせていると、扉が開く音がした。

「起きたのか」

大雅が妃翠に声をかけてきた。ラフなシャツとスラックス姿なのに、素材がいいから洗練されて見える。

妃翠は恨めしい気持ちを全力で目に込めた。なんてことをしてくれたんだ、という目で訴える。

その視線に気づいた大雅は、意地悪そうに口角をキュッと持ちあげた。

「なんだ、言いたいことがあるなら言えよ。立てないほど抱き潰すなんて、どういうつもりだとか恨み言があるんだろう?」

「……その自覚があるなら、どうして手加減してくれないんですか。初心者相手に……鬼畜なの!? という罵倒《ばとう》はかろうじて呑み込んだ。なんとなく相手を喜ばせてしまいそうな気がしたから。

「仕方ないだろう、番の本能だ。落ち着くまでは止まれん。お前が寝落ちしてからはなんとか落ち着いたが、正気に戻るまでは随分かかったな」

さらりと番の本能であると告げられて、妃翠はキュッと眉根を寄せた。

わかっていたが、やはり番になってしまったのだと思うと、複雑な感情がこみ上げる。

——でも、番になったから強制的に恋に落ちるわけでもないし、この人も私に恋をしているようでもなさそうね……。

急に気持ちの変化が起こるわけではないようだ。不自然に気持ちが作り替えられるのではないなら、少しだけ安堵する。

「で、他にも言いたいことがあるんだろう」

ありすぎてどれから言えばいいのかわからない。

ひとまず妃翠は「身体を洗いたいのですが」と浴室の場所を尋ねることにした。

大雅の片眉が器用に持ち上がる。

「そのへっぴり腰で歩くつもりか？　そうじゃないだろう、番の俺に命じればいい。浴室まで運べと」

このニヤニヤ顔は完全に面白がっている。意地でも頼みたくないと思えてきた。

だが、先ほど太ももに伝った精が、ふたたびツーと垂れてくる。膝あたりにまで垂れる気配に、妃翠は慌てて大雅に懇願した。

「ティッシュ、持ってきてください」

「は？　何故」

「……あなたが散々……な、中に出したからでしょう？　早くして、カーペットが汚れちゃいます」

愉悦の滲んだ笑みを浮かべ、大雅は妃翠のお願いを無視した。ティッシュを持ってきてくれるどころか、妃翠のバスローブのあわせを躊躇《ちゅうちょ》なく解《ほど》く。

「精液垂らしながら歩くなんてエロいじゃねえか。見せてみろよ」

「え……ッ!?」

妃翠の素肌が露わになる。胸の頂は隠れているが、なだらかな腹部から慎ましい下生えまで丸見えだ。

驚きすぎて身体が硬直する。逃げようとしても、今の状態では容易く捕まってしまうだろう。

散々身体を見られているとはいえ、数時間前までの自分は正気ではなかったのだ。大雅も、妃翠がこんなふうに辛そうに歩いているときに自分の放ったものが垂れる姿を見たがるなんてどうかしている。

彼のぶしつけな視線の先が妃翠の陰部から太ももを上下する。

羞恥心がこみ上げてきた。瞬時に顔に熱が上る。

「へ、変態……っ」

「はっ、悪くねえ罵倒だ」

罵《のの》られて怒るどころか、彼は何故か楽し気に喉を鳴らした。

解かれたバスローブを直すことなく、妃翠の身体を横抱きにする。

「きゃ……っ！」

「風呂に行くんだろ、運んでやるよ。振り落とされたくなければちゃんと摑まってろ」

誰かにお姫様抱っこをされたことなど記憶にない。幼かった頃に父親がしてくれたかも

しれないが。

——ぜ、全然ロマンティックじゃない……。

だが、大雅の足取りはしっかりしていた。きちんと身体を鍛えているらしい。妃翠を運ぶことくらい重労働でもなんでもない、とでも言わんばかりだ。

想像よりもはるかに豪華で広々としたリビングルームを抜けて、三段の階段を上った先に、丸いフォルムの大きなバスタブがあった。

パノラマの夜景を眺められる、大人三人が一緒に寛《くつろ》げそうなほど広いバスタブだ。リビングルームとはガラスの扉で繋がっている。

「……お風呂？」

「それ以外のなにに見える」

高級ホテルのバスルームはガラス張りになっているらしいという話は聞いたことがあったが、これでは丸見えだ。リビングで寛いでいても湯に浸かっている人の姿が見えてしまう。

「……あの、私シャワーで……」

「シャワーブースもここだぞ」

妃翠を抱き上げたまま、大雅は顎でクイッとバスルームの一画を示した。天井付近のシャワーヘッドからシャワーを浴びられるタイプのものだ。

ガラス張りの扉は湯気《ゆげ》で曇るかもしれないが、こちらの姿を完全に隠せるものではない。

──ええ……なにを思ってこんな設計にしたの？

カップル向けの部屋なのだろうか。それとも外資系ホテルなのだろうか。

言葉を失ったまま妃翠は大雅の肩を叩いた。もう下ろしてほしいという意思表示のつもりだが、大雅にはしっかり通じているだろうに無視される。

「……あの、もう下ろして、ください」

「運んでくれてありがとう、は？」

「……ありがとうございました」

運んでくれなんて頼んでいない、というのは心の中に留めておいた。釈然としない気持ちは残るけれど、戦う気力が残っていない。

ようやく床に下ろされる。たっぷりお湯が張られた風呂は、ひとりで堪能できるならさぞかしテンションが上がっただろう。

キャンピングカー生活を始めた妃翠にとって、のんびり入れる風呂は贅沢なものだった。普段は銭湯を探すか、シャワー付きのキャンプ場でシャワーのみのことも多い。

湯加減はどうだろう。早く温まりたいが、その前にシャワーを浴びて汚れを落とすべきか。

だが、弊害がひとつ。この男がなかなかバスルームから出て行ってくれない。

「……あの、いつまでここに？」

「面白そうだから見学しようかと思っている」

「は？」

「お前は今、早く湯に浸かりたいが、中から出てくる精液が不快だから先にシャワーを浴びたいと思っているだろう。どうやって中から掻き出すのか見物だと思ってな」

「なぁ……っ」

——そこまでは考えていなかった……！

ひどい、誰のせいでこんな状態になっていると思っているのか。

こんなふうにからかわれるなんて冗談ではない。妃翠の痴態をじっくり眺めたいなどと言い出す男をこの場から追い出したい。

——αの男ってこんなに傲慢で自信家で意地悪なの!?

この性癖はさすがに個人差があると思いたい。

「お、落ち着けないから、出てってください……！」

もしくは、今すぐ自分の方から出て行ってやる。

妃翠の気迫が伝わったのか、大雅は思いのほかあっさり「いいぜ」と言って妃翠に背を向けた。

「そこにバスタオルとアメニティがあるから好きに使え。バスローブがいいならあっちだ。

俺は一時間外に出ててやるが、その間に溺れ死ぬなよ」

最後の一言は妃翠の目を見て念押しするように告げられた。スッと細められた鋭い眼差しから、彼の本気度が伝わってくる。

自分のあずかり知らぬところで勝手に死ぬなとくぎを刺されたわけだ。死に場所を探していたとはいえ、全裸のまま死にたいとはさすがに思っていない。

「……まだ死にません。ご心配なく」

うっかり滑って床に頭をぶつけないように気を付けよう。

まだなにかを言いたそうにしていたが、大雅は「ならいい」とだけ告げて宣言通り部屋から出て行った。遠くで扉の閉まる音が聞こえる。

――本当に出かけた……ようね。

「はぁ……」

ひとりになるとようやく、詰めていた息を吐き出すことができた。

大雅に海辺で捕まってから今まで非現実的すぎて実感がわかない。

なにがあったのかゆっくり整理をする前に、妃翠は機械的にシャワーを浴びて、大雅が放った残骸を指で可能な限り掻き出した。

どのくらい注がれたのかも覚えていないし、とっくに吸収（？）された分もあるだろう。だけどやらないよりはマシだと思うことにする。

「うう……妊娠しないって信じてるから……！」

今はピルの効果を信じるしかないが、薬にも絶対ということはないのではないか。妃翠が飲んでいる抑制剤だって、今回の発情期を抑えられなかったのだから。

少しの不安を抱えながらラウンド型のバスタブにゆっくり浸かる。

目の前に広がる夜景を見つつお酒を楽しめる仕様になっているのだろう、ドリンクを置けるスペースとトレイまで備えられていた。だが妃翠の場合、お風呂に入りながらアルコールを摂取すると一気に上せてしまいそうだ。

「贅沢な娯楽って感じね……。癒やし空間なんだと思うけど、なかなか慣れそうにないわ……」

ジャグジー付きだけれどそれを試す勇気がない。変なボタンを押してしまって元に戻せなくなったら嫌だなと考えてしまう。

なにか新しいことに取り組もうとするとき、妃翠はいつもワクワク感より躊躇《ためら》いが強い。警戒心が生じ、最悪のケースを考えてしまってなかなか一歩が踏み出せないのだ。

βのときは少し心配性なだけだと思っていた。石橋を叩いて渡るタイプなのだと。だがΩになってからはより心配性になってしまった。自分のこの性質はΩであることからくるものなのかもしれない。自己防衛本能が強く働き、新しい挑戦にストレスを感じるようにできているのかも……。

——私がキャンピングカーを買ったのも、各地を回ろうと決意したのも、すごい勇気だったな……。いざ始めてからはしばらく眠れなかったし、どうしようって不安ばかりだった。無謀だったんじゃないかって。

泥棒が来たらどうしよう、窓を割られそうになったらどうしよう。そんなことを思って心配ばかりしていたのだ。

夜どうしても外に出なければいけないときも、身体の線が出ないだぼだぼのパーカーとスウェットの格好をしている。平和な国でも犯罪はゼロではない。他国より圧倒的に凶悪犯罪の発生率は低いが、女性が夜にひとりで行動するのは物騒だ。

背の低さから女性だということはバレてしまうが、せめて色気を感じさせない格好を心掛けてきた。

とはいえ、レイプ被害に女性の服装は無関係だと言われているが。

「……私、なんでこんなことになってるんだろう。あの人が多分、運命の番……なんだよね」

指先で首の裏に触れるとじんじんする痛みを感じた。

少し離れた先に鏡がある。髪の毛を片手でまとめて、首の裏がどうなっているのか確認しようとするが、三面鏡ではないのでなかなか見えない。

——噛み痕《あと》は多分しっかり残ってるはず……。でもしばらく経てば消えるんだよね？

番になった瞬間が鮮明に蘇る。

頭も身体もぐちゃぐちゃになっていた状態で、心が歓喜していた。中に大雅の雄を咥えこんだまま絶頂を味わい、最奥に彼の欲望を注がれて……全身に恍惚とした震えが走ったのだ。首の痛みなど気にならないほどに。

思い出すだけで恐ろしい。

自分が自分でなくなる感覚は、もう二度と味わいたくない。

——嫌だ、まだお腹の奥が熱い気がする……思い出したからかな。

子宮なんてなくなってしまえばいいのに！

かつて泣きながらそう訴えた少女時代の自分を思い出す。初潮が来たときはβだったのでそんな絶望など感じなかったが、Ωであることを知ったときは本気でそう願った。

泣きじゃくる妃翠を落ち着かせて宥めてくれたのは院長の百瀬だ。子宮が女性の身体にどのように影響を及ぼしているのかや、ホルモンのバランスが崩れたときのリスクなど、懇々《こんこん》と説明してくれた。

子供を産むための大事な器官だが、それだけが役目ではないのだから、十代のうちに摘出手術をしたいと思うのはまだ早い、と。

失うのは容易いけれどそれは最終手段で、いつか愛する人の子供を産みたいと思う日がきたときに後悔してほしくない。百瀬の優しい声を思い出す。

「……愛する人ってどんな人。番になればこれから愛情が芽生えるの？」

外見も顔も声も身体もいいのに、性格が好きになれそうにない。ああいう傲慢な自信家は、一番関わりたくないタイプだった。

だがそれは相手も同じなのかもしれない。大雅の好みは妃翠とは正反対であるような気がする。

まだ人となりもわからないし、知らないことの方が多い。けれど、妃翠が出した条件はきっと守られるだろう。それは何故か確信があった。

──死にたくなったら殺してほしいなんて、そんな面倒なことを言う女をよく番にする気になったわね。

誰かが本気で激昂した姿はこれまで見たことがなかった。大雅に怒鳴られてはっきりと怯えを感じたのに、同時に喜びを感じていたのも覚えている。

本当にどうかしているとしか思えない。自分だけを見て怒ってくれたことさえ心地いいと思うなんて、発情状態というのは厄介《やっかい》だ。

妃翠は温まった身体の状態を確認する。鈍い痛みや怠さは随分とれていたが、これ以上長湯をすると体力を奪われそうだ。

──一応動けるし楽になったかな……でも、まだあそこに挟まってる感覚があるわ。

みんなこうなのか、それとも個人差があるのだろうか。大雅の雄が立派すぎるというのもあるのかもしれない……はっきり見てはいないけれど。

大雅が戻ってくる前に、妃翠はバスローブを羽織ることにした。アメニティの基礎化粧品を使用して、肌を潤わせてから髪を乾かす。

「……お湯捨てるのもったいないよね、どうしよう」

一応シャワーで身体を清めた後に入ったから、汚くはないはず……と思うのだが。むしろお湯を捨てておくのが礼儀なのかもしれない。それとも大雅は気にしないだろうか。

迷った挙句《あげく》、妃翠は湯を捨てることにした。なんとなく自分が入った後の湯に大雅が浸かるかもしれないと思うと、むず痒《がゆ》さのようななにかがこみ上げてきたからだ。

軽く掃除をして、リビングルームに続くガラス張りの扉を開いた。思った通り、リビングの奥にはキッチンまで備え付けられている。

あまりの豪華さに慄《おのの》きながら、キッチンカウンターの上に並べられているミネラルウォーターを一本手に取った。ホテルのロゴマークがついているからオリジナル品らしい。

「このホテルって、私も聞いたことがある超有名ホテルじゃない……泊まるなんて初めてだわ」

海外旅行ができたら一度は泊まってみたいと思っていた憧れのホテルに、まさか国内で泊まれる日がくるなんて……。あっさり夢が叶ってしまって感動する。

水分補給をしてほっと一息つくと、自分の貴重品がどこにあるのか気になってくる。

「そういえば、私のバッグはどこにあるんだろう」

大雅は妃翠の身分証明書を確認していたから、この部屋にあることは間違いない。

広いリビングルームには余計なものが一切置かれていない。バーカウンターのスツールにもなにも置かれていないし、かろうじてソファの上に大きなクッションがあるぐらいだ。

寝室に戻ると、クローゼットの前に妃翠のハンドバッグが置かれていた。

「あった、よかった」

慌ててスマホを取り出す。しかし充電が切れていた。

「ええ……嘘、充電器あったっけ？」

念のためバッグの中を探すが、それらしきものは見当たらない。当然だ、車の中に置きっぱなしなのだから。

仕事の依頼メールが入っていないか確認しておきたい。妃翠は細々とビーズのハンドメイドアクセサリーを作ってネット販売している。その他はＷＥＢライターを少々やっているが、全部あわせてギリギリの生活ができるほどの報酬しかない。

けれど、妃翠にはあと半年分の生活費があればよかった。両親の遺産と、ささやかな収入を半年間で使いきれればいい。

そう思っていたのだが、番を得てしまったことで予定が狂ってしまった。番がいれば暴走したαに襲われることはなくなるし、半年後に死ぬ必要がなくなったから。

――スマホが確認できないとやっぱり不便というか、落ち着かない……フロントデスクに電話したら充電器貸してくれるかしら？　私が部屋から出られたらいいんだけど……。

バスローブのままではホテルの人にも会えない。そもそも自分が着ていた服はどこにあるのだろう？

ベッドの周辺をくまなく探すが、着ていたはずの服が見当たらない。もしかしたら大雅がホテルのクリーニングに出してしまったのかもしれない。

「ええ……どうしよう」

これでは見張りがいなかったとしても逃げられない。いや、逃走など考えていないが。

仕方がなくリビングルームに戻り、ソファに座った。ＢＧＭ代わりにテレビをつけるが、見慣れないバラエティ番組は耳を滑っていく。

ふとお腹が空腹を訴えてきた。時刻は二十時を少し過ぎている。

「そういえば今日全然ごはん食べてなかった……」

昼頃に大雅に捕まって、目覚めてから身体を貪られたのだった。身体が疲労していたため空腹を感じる余裕がなかったのだろう。今さらお腹がグウ、と訴えてくる。

キッチンの冷蔵庫を開けてみるが、飲み物と酒類しか入っていなかった。デリバリーを頼むべきだろうか。

いや、このホテルにデリバリーが可能かわからない。ルームサービスを利用するべきかもしれない。

「勝手に使ったら怒られるかな……頼んだ分を後で支払ったら大丈夫かしら。でも、この格好じゃ人と会えない……」

外の扉の前に置いておいてくれないだろうか。そんなことを考えたとき、部屋の扉の鍵が開く音がした。

――あっ。

足音がする。振り返ると大雅がいくつもの荷物を持って部屋に戻ってきたところだった。

――一時間後に戻るって言ってたっけ。長湯しないでよかった。

「お帰りなさい」

妃翠は咄嗟にそう言っていた。だがすぐに、自分がこの部屋の主でもないのになにを言っているのだと気恥ずかしくなる。

言われた方の大雅も奇妙な顔をしていた。その表情は妃翠の発言が予想外だったことを示している。

「……ただいま?」

何故疑問形なのだろう。

あまり突っ込まない方がいいだろうと察して、妃翠は彼の荷物に視線を向けた。

「買い物に行っていたんですか」

自分では荷物を一切持たなそうな男がショップ袋をいくつも手に提《さ》げている。その姿が不自然というか、ミスマッチに見えた。

大雅は妃翠が座るソファにそれらの荷物をどさりと置いた。

「ああ、着替えが必要だろう。買ってきた」

「え、私の？　いえ、車に行けば着替えはあるんですが……」

「あの色気もへったくれもない服か。全部着古したゴミだろう、捨てろ」

「ゴッ……」

すごい言いざまである。傲慢な王様としか思えない。

いや、それよりも……。

「見たんですか？　人の、女性の服を勝手に？　いえ、それよりも私の車に勝手に入って物色したんですか」

「車の中を直接物色したのは俺じゃないが、そうするよう命じたのは俺だな。服は見なくてもわかる。お前が今日着ていたのと同じようなものだろう。機能性重視で着古したもの。下着だって色気もなんもない。違うか」

「……」

違わないから答えたくない。妃翠はそっと視線を逸らした。

確かに妃翠のワードローブは多くない。彼の言う「同じようなもの」というのがタートルネックの服ばかりというのならその通りだ。たまにタートルネック以外の服も着るには着るが、そのときはストールで首を覆っている。

——だって、コインランドリーでじゃぶじゃぶ洗えて乾燥できる服となったら、多少傷んでもいい服になっちゃうじゃない。

お坊ちゃんにはわからないだろう。

「私が着ていた服は？」

「ホテルのクリーニングに出している」

「え……下着も？」

「なにか問題があるか？」

やはり感覚が違うのだな、と改めて感じた。感じすぎて濡れて汚れた下着が回収されたのだと思うと……いや、これ以上考えてはいけない。着替えをどうするか考えよう。

わざわざ買ってきてくれたのだから、受け取らないわけにもいかない。ここで妃翠が拒絶すれば、この男は顔色を変えることなくすべてゴミとして処理してしまいそうだから。

「ありがとうございました。遠慮なく使用させていただきます」

「ああ、素直に受け取っておけ。あと腹が減っただろう、そろそろルームサービスが届く頃だ」

「えっ」

その直後、部屋のチャイムが鳴った。

バスローブ姿の妃翠は急いで大雅が買ってきた荷物を持って寝室に向かい、扉を閉めた。

——逃げてきちゃった……でも、いいか。あの人に任せておこう。

この時間ならパジャマに着替えるべきか。部屋着として着られるカジュアルなスウェットなんかがあれば嬉しいが、きっとそんなものはないだろう。ハイブランドのショップ袋ばかりで開けるのが少々怖い。パッと見たところ、合計四、五着ほどはありそうだ。

「下着っぽいのは……これかしら」

薄紙に包まれた下着は、妃翠がよく好んで使っているものとは程遠い。今までシンプルなデザインで装飾が少ないものを選んでいたが、ここにあるのはまさにランジェリーと呼ぶに相応しいデザインのものばかり。

——これ、あの人が選んだのよね？

黒い総レースのショーツを広げる。恐ろしく肌触りはいいが、爪で引っかけてしまいそうだ。それにスケスケすぎて身に着けるのが怖い。

同じく黒いレースのブラレットも出てきた。ワイヤーで苦しくならないブラレットを選んでくれたことは嬉しいが、自発的に選んだのか店員に勧められて買ったのか……後者であってほしい。大雅の趣味だとか考えたくはない。

他のランジェリーも似たり寄ったりのセクシーなものだったので、妃翠は仕方なく一番はじめに手に取った黒い総レースのショーツとブラレットを身に着けた。その上に、これも大雅が購入してきたものであるが、シルクのパジャマに袖を通す。

総額いくらなのだろう。出会ったばかりの女に普通こんなに貢《みつ》ぐものなのだろうか。

残りのショップ袋を片付けるのは食後にしようと考えて、妃翠はリビングルームに戻った。

グラスにワインを注いでいた大雅が妃翠に座るように促す。ソファの前のローテーブルには、ルームサービスで運ばれてきた食事が並べられていた。

「すごい、おいしそう」

豪華な食事に目を奪われる。

重箱に敷き詰められた洋食のオードブルには白身魚のアクアパッツァ、オマール海老とホタテにキャビアがのったサラダ、キッシュ、チーズの盛り合わせ。別の重箱には黒毛和牛のローストビーフの巻き寿司、そしてデザートには小瓶に色鮮やかなベリーが詰められたムースなどが用意されていた。

取り皿とカトラリーがセットで置かれている。見ているだけでお腹がグウ、と低く鳴った。

「思った通り腹が減ってたようだな」

「……お昼ごはんも食べ損ねたので」

誰かさんのせいでと詰《なじ》りたいところだが、予定外だったのはこの男も同じだろう。

なんとなく歯がゆい気持ちになりながら、妃翠は大人しくソファに座った。

「ワイン、飲むだろう」

目の前にワイングラスが置かれる。アルコールを飲むのは久しぶりだ。常に車の運転のことを気にしなければいけないため、滅多に飲むことはなかった。

「あ、ありがとうございます」

妃翠の前のソファに大雅が座る。ワイングラスを傾けて味わっている姿は実に様になっていた。この豪華な部屋になじんでいる。

小さく「いただきます」と呟いてから数か月ぶりにワインを味わう。辛口だが飲みにくさはなく、鼻から抜ける芳醇《ほうじゅん》な香りもフルーティな酸味もちょうどいい。

「おいしい」

「そうか」

ワイングラスを持ちながら、妃翠は大きな窓ガラスに映る大雅の様子をちらりと見た。優美な肉食獣がほんの少しご機嫌に寛いでいるように見える。彼もお腹が減っていたのだろうか。

また一口ワインを飲んで、大雅に勧められるまま重箱の食事を取り皿に分けた。食べたことのないチーズは少し癖があったが、ワインとの相性がいい。ブロッコリーとマッシュルームの入ったキッシュは冷めていてもおいしかった。ローストビーフの巻き寿司を二個平らげると、お腹が膨《ふく》れてくる。

「おい、まさかもう食わねえつもりじゃないよな」

箸《はし》が止まった妃翠を見て、大雅が片眉をあげて問いかける。

「まだいけると思いますが……でもお腹が膨れてきたなと」

「小食すぎるだろう、もっと食え。倒れるぞ」

彼と会ったときは空腹で倒れたわけではないが、目の前で気絶したのは事実だ。妃翠はふたたび箸を持ち、サラダを味わう。すると肉を食えとばかりに、妃翠の皿にローストビーフの巻き寿司をもう二切れのせられた。なかなかボリュームがあるが、食べきれるだろうか。

——私が残してもこの人が全部食べてくれそうだけど。

大雅も食欲旺盛にパクパク食べている。だが、箸の使い方や食事の所作が綺麗なので、がつがつしているようには見えない。育ちの良さがよくわかる。

取り皿に分けた分をすべて平らげると、お腹は十分満たされた。ゆったり寛いでいると、空いたグラスにすかさずワインが注がれる。

「満足したか」

「はい、お腹いっぱいです。ごちそうさまでした」

赤ワインの効果で身体もぽかぽかしてきた。アルコールに弱いわけではないが、ふわふわした心地になっている。

警戒心を忘れたわけではないし、大雅と話し合うべきことだってたくさんあるのに、それらを後回しにしてもいいかと思うほどに気が緩んでいる。今すぐ片付けなくてはならないこともあった気がする……とよく回らない頭で考える。

「もう酔ったのか？　顔が赤いぞ。酒は弱いようだな」

「さあ、弱いんでしょうか……あまり飲まないからわからなくて」

「俺がいないところでは飲むなよ。攫われるぞ」

攫う人間なんてあなた以外にこれまでいなかったと言いたい。

――この男の前でも気を緩めちゃいけないのに。

今さらながら気を引き締めようとするが、ふわふわした心地は冷めてくれない。

「デザートもあるんだが」

「食べます」

大雅の声にかぶせるように答えてしまう。デザートは別腹なのだ。

「気に入ったらまた頼めばいい」

そう言って大雅は妃翠に好きなフレーバーを選ばせてくれる。ガラスの小瓶に入ったムースは見た目も鮮やかで可愛い。檸檬《れもん》もおいしそうだが、ベリーたっぷりのムースを選んだ。

「おいしい……」

たまに食べるコンビニのスイーツもおいしくて十分満足感があったが、手の込んだホテルのスイーツはまた別格だ。もったいないと思いつつ、どんどん食べてしまう。

無言で食べ進めて、最後の一口を食べた後、空になった瓶を見て切なくなった。

「消えちゃった……」

「腹の中にな」

「あんなに可愛かったのに……」

色合いもキラキラしていた。まさにフォトジェニックなスイーツだった。ころんとした小瓶もおしゃれで捨ててしまうのがもったいない。なにかに再利用できないだろうか。

「結構酔ってるだろう」

そう大雅が呟いたが、妃翠はそこまで酔っぱらっている自覚はない。だがいつまでも空の小瓶を手放す気になれないのは酔っている証拠かもしれない。

ひょいっと妃翠の手から小瓶が離れた。なにをするのだ、とつい恨めしい視線を向けてしまう。

思いのほかすぐ近くにいた大雅が、妃翠の手が届かない場所に空の小瓶を置いた。

「そんなもんばっか見つめてんじゃねえよ。お前が見惚《みと》れるのは俺だけにしろ」

「あ……」

妃翠のすぐ隣に大雅の膝がのった。ソファがグッと沈む。

右手をソファの背もたれに押し付けられて、指が彼の指に絡められた。こんなふうに男性と指を絡めたことなど一度もない。静まっていた心臓がドキッと高鳴り始める。

頤に指をかけられて、顎を固定された。目の前に迫る男の顔にはっきりとした情欲が浮かんでいるのがわかる。

「放して……」

「嫌だ」

距離が近い。大雅の柘榴色の目に自分の姿が映っている。

あのときの熱がふたたび蘇りそうだ。食べてほしいとねだるようにお腹の奥がざわめいている。ふたたび発情状態になってしまいそう。

「ン……ッ」

大雅の肉厚な舌が妃翠の唇を舐めた。本物の肉食獣を前にしているような錯覚を覚えて、妃翠の肌がざわりと粟立《あわだ》った。

このままぱっくりと食べられるのだろうか。心なしか胸元がスースーする……と思ったら、パジャマのボタンが外されていた。

「いつの間に……！」

「いい眺めだな」

胸下まで露わになっている。黒いレースのブラレットが妃翠の胸を優しく包み込んでいるが、その黒と肌色のコントラストが扇情的だ。分厚いパッドもついていないため、すぐに胸の蕾を探り当てられてしまう。

「急になに……」

「少々イジメてみたくなった」

意味がわからないし、望んでいない。

一体なにが彼のスイッチを入れてしまったのだろう。デザートに夢中になっていたのがそんなに気に食わなかったのか。

大雅の左手は妃翠の右手に絡んだままで、彼の右手がパジャマの隙間に差し込まれた。柔らかなレースに包まれた胸を揉みしだく。

「んぅ……っ」

すぐに胸の中心部を見つけられて、親指でコリコリと転がされた。身体はまだアルコールのせいで火照《ほて》ったままで、熱が下がりきっていないところをさらに高められてしまう。

「や、やめて……」

静まっていた熱を呼び覚まさないでほしい。お腹の奥が疼き出して止まらなくなってしまう。

妃翠はなんとか熱を逃がそうと顔を振るが、そのせいで首元も曝け出すことになる。黒髪の隙間から覗く首筋に引き寄せられるように、大雅が露わになった肌に吸い付いた。

「ひゃ……ッ」

首筋にチクりとした痛みが走る。きつく吸い付かれたのだと悟った後、湿ったなにかで肌を舐められた。

——本当に、獣に食べられているみたい……。

柘榴色の目が怪しく光っている。普段は黒みが強いのに、劣情を孕んだ瞳は赤みが強くなるらしい。本人が気づいているかはわからないが。

「ああ、いいな。俺のものだっていう証がつくのは悪くねえ」

悪くないというのは、きっと彼が満足したときに言う言葉なのだろう。短い付き合いだが妃翠もわかってきた。喉奥でくつくつと低く笑いながら妃翠の胸をコリコリと弄ぶ。

「大雅さん、ダメ……それ以上は」

「欲しくなるから嫌だって？」

妃翠の顔が一瞬で火照った。欲しいだなんて思っていない！　と強く否定したいのに、身体はもう彼仕様に作り替えられてしまっているのを自覚する。

なけなしの理性を総動員させて、妃翠は大雅の頬を平手打ちした。

利き手ではないため弱々しい音しか鳴らなかったが、人の頬を叩いたのは初めてだ。

左手がジン……とした熱を持つ。

「……許可なく触れないで」

自分で言っておいてすぐに罪悪感が湧いてくる。

言うべきではなかったと思ってしまうのは、本能的にαに逆らえないΩだからか。いや、αに逆らうなんてβでも滅多にできない。

怒られると思ったが、大雅は面白そうに口角を上げた。

妃翠の左手も、右手と同様に指を絡めてソファの背もたれに縫い付けてくる。

「そんな弱々しい抵抗は抵抗のうちにも入らねえが、なるほど、許可を得ればいいんだな。キスをさせろ、乳を揉ませろ。ぐちゃぐちゃになったお前のあそこに突っ込んでめちゃくちゃに喘がせて泣かしたい」

「ぜ、全部ダメ……！」

「は？　食うぞ」

もう怖い、このケダモノ。全然聞いてくれないではないか。

発言が完全に肉食獣になっている。本人に自覚があるのかはわからないが。

――欲望に正直すぎじゃない？

恋人がいたことがないからよくわからないが、これは一般的な距離感ではないだろう。

当然、普通は好意を持ってから恋人になるのだから、好意がなく身体から始まってしまった関係であれば線引きが必要だ。

「さっきは、お互い理性を失っていたから……発情していたし。でも番になったからといって、あんな行為をしなくちゃいけないわけじゃないし」

「俺はガンガンに突っ込んでお前を孕ませてやりたい」

「ひっ」

「が、それは他のαに手を出させないための牽制に過ぎない。まあ孕んでしまえばお前は俺の傍から逃げられんだろう。子供を捨てていくタイプじゃなさそうだしな」

「ぴ、ピル飲んでるから、妊娠はしないです」

内心びくびくしながら事実を告げる。毎日決まった時間に欠かさず飲んでいるため、妊娠の可能性は極めて低い。

だがもし抑制剤と一緒にトイレに流されていたら……と、妃翠の顔色がざっと青ざめた。

「まさか捨ててないですよね？　ピルまでトイレに流したなんてことは……」

「俺もそこまで鬼じゃない」

残りワンシートの抑制剤を無断で捨てたのは鬼の所業ではないのか。

そう言いたいのをグッと堪える。ピルを捨てられなかっただけよかったと思わなければ。

「俺も別に今すぐ子供が欲しいわけではないが、月一の発情《ヒート》が来たら慰《なぐさ》められるのは俺しかいないのは事実だ。諦めろ、お前は俺から離れられない」

「……っ」

Ωのための抑制剤はフェロモンの分泌を抑えて、日常的に無差別にαを誘惑しないようにする目的で作られている。しかし、毎月必ず来る発情は抑えきれないため、誰とも会えない日がやってくる。

番になったαがいれば、発情状態になったΩを楽にさせられるのは確かだ。交わりさえすれば、これまで耐えるしかなかった苦しさが快楽に変わる。

――番を得た後のΩの発情期は、αに触ってほしくてたまらなくなるって聞いたことがある……。

恋しくて切ない気持ちになるらしい。満たしてほしくてたまらない、ただ相手を受け入れたくなるのだと。

数時間前の交わりは番になる前だ。あれ以上の欲情が起こるというのだろうか。

番になった後の狂おしいほど相手を求めてしまうような発情状態は、想像するだけで少し怖い。

自分が自分でいられないような状態になど陥りたくないが、それに付き合わされる大雅も迷惑なのではないか。

どうして番になったのだろう。日本には他にΩがいないし、物珍しいからだろうか。

――私以外のΩが現れたら後悔するんじゃないかな……。

そんな悲観的な気持ちが湧き上がったがそれを口にする勇気は今のところない。

「ちょっと待ってろ」

大雅が妃翠の手を解放した。

どこかへ向かい、手になにかを持って帰ってくる。

今度は一体なんだろう。誓約書でも書かされるのだろうか。

――ああ、確かにそんな誓約書があったらいいかもしれない。お互いのルールを最初に決めておいたら揉め事も避けられるだろうし。

まだアルコールでぼうっとした頭でそんなことを考えていたが、大雅が持ってきたのは妃翠の想像の斜め上を行くものだった。

「これに記入しろ」

ぴらりと見せられたもの……それはテレビでしか見たことがない、婚姻届だった。

「……え？」

目を瞬く。何故か大雅の名前がすでに記入されていて二度驚愕した。

「ええっ!?　こ、これって……婚姻届!?」

「それ以外になにに見えるんだ。今時はどこでも手に入るから便利になったな。さっきダウンロードしておいた。明日提出するぞ」

「明日……!?」

出会ったのは今日だ。まだ一日も経過していないのに、結婚を迫られるなんて思ってもいなかった。

――待って、待って。頭が追い付かない……！

自分はまだいい。両親もいなければ、親代わりとなっている叔母も今は日本にいない。父親代わりだった院長の百瀬にももう会えないため相談もできないし、天涯孤独のような身だ。

だけど大雅は違う。由緒ある皇家の子息で、現総理の息子で、αの帝王で……。

ぐるぐると思考の渦に巻き込まれそうだ。性急すぎるし、そんな簡単に婚姻などしていいものなのか。

「私の中の常識としては急に結婚なんてあり得ないんですけど……」

「常識なんてなんの役に立つ。籍だけでもさっさと入れた方が都合がいい。お前も俺の番になったんだ、腹をくくれ」

「傲慢すぎません？」

「今さらなにを言う」

確かに今さらなのだが……もう少しだけ考える時間がほしい。

――どうしよう、頭が回ってついていけない……。

いや、目が回っているようだ。混乱しすぎているのかもしれない。

「おい？　どうした」

大雅の呼びかけが聞こえるが、うまく返事をすることができない。

キャパオーバーだという自覚を抱いたまま、妃翠はその場で意識を失ってしまったのだった。

❀　❀　❀

目が覚めたらすべてが夢だったらいいのに。

そんなことを思いながら目覚めたが、妃翠の視界に映るのは見慣れた狭い天井ではなかった。

「……やっぱり夢じゃなかった」

たった一日で自分の人生が変わってしまった。そんなことってある？　という出来事を今まで二度経験しているため諦めも早いが、溜息が尽きない。

一度目は両親が亡くなったこと、二度目はΩだと知ったこと、そして三度目が番と出会ったことだ。人生なにが起こるかわからない。

隣に大雅の姿はない。シーツに温もりも感じられないから、彼はとっくに起きているらしい。

ベッドサイドのデジタル時計を確認すると、まだ朝の七時過ぎだった。妃翠は夜型人間なのでこんなに朝早く目が覚めるのは珍しい。

寝室の隣にトイレと洗面台がついていた。ここにもシャワーブースがあればいいのに。何故お風呂場だけがあんなオープン仕様なのか理解に苦しむ。

朝の支度をしようと考えて、メイク道具を持っていないことに気づいた。そういえば昨日の夜も、大雅にずっとすっぴんを晒していたのだが、冷静になってみると恥ずかしい。

「……今さらかもしれないけど、メイク道具欲しい……」

やはり一度車に戻ろう。いやそれよりも、一体いつまでこのホテルに滞在するのだろうか。ここが、彼が長期滞在に利用している部屋だとは考えにくい。私物があまりに少なすぎるからだ。

クローゼットを開けると、昨日大雅が買ってきた服が一式ハンガーにかけられていた。案外几帳面なのだなと思いながら、一番シンプルで着心地のよさそうなワンピースを手に取る。

夏らしい色合いの水色のワンピースだ。丈は膝上でノースリーブ。その上に羽織れるカーディガンも用意されている。

上品なお嬢様のような装いは大雅の趣味なのだろうか。こういうのが似合う女性が好きなのならば、一年中ジーパンで過ごしていた自分とは趣味が合わなそうに思える。

「……タグを見るんじゃなかった……」

シミでも作ったらと思うと怖すぎるし落ち着けない。

大雅の金銭感覚が一般人とまるで違うことには気づいていたが、今は目を瞑ろう。用意された洋服はすべて似たり寄ったりのブランドものなので、選り好みをしていたらなにも着られなくなってしまう。

恐ろしく肌触りのいいワンピースを身に着けると、気が引き締まった。やはりすっぴんなのが落ち着かない。

――せめて眉毛だけでも描きたい……あとBBクリームさえあれば……。

そんなことを考えながらリビングルームに続く扉を少し開けた。キッチン前のカウンターに座る大雅が誰かと話している。

――あれ、誰か他に人がいる？

恐る恐る覗くと、大雅が妃翠の姿に気づいた。

「もう起きたのか」

「……おはようございます」

ホテルのジムにでも行ってきたのだろうか。随分ラフな格好でコーヒーカップを持ちあげていた。

「お前もコーヒーを飲むか」

「……いただきます」

隣に座れということなのか、キッチンカウンターの席を叩かれた。

妃翠が大雅の方へ近づくと、知らない男性がにこやかに笑いかけてくる。

「はじめまして、妃翠様。白鳥《しらとり》と申します」

——妃翠、様?

いきなり様付けで名前を呼ばれてびっくりする。今までそんなふうに呼ばれたことは一度もない。

柔和な笑顔が魅力的な男性は、妃翠より少し年上くらいだろうか。緩く癖のある髪の毛と垂れ目が特徴的で、人懐っこい印象を与える。

「はじめまして……真鶴です」

彼は人当たりのいい笑顔で「カフェラテなども作れますよ。ご要望がありましたらなんなりと」と告げた。

「お前、そんなのも淹《い》れられるのか」

「はい、ブラック一択の大雅様にはお作りしたことはないですが」

二人はどのような関係なのだろう。大雅の秘書だろうか。

妃翠は大雅の隣のスツールに座り、カフェラテをお願いした。大きめのマグカップに入れてお店で出てくるようなカフェアートを施してくれる。

「可愛い……」

猫の絵柄が浮かんでいる。

つい思ったことを口にすると、白鳥が嬉しそうに微笑んだ。

「おい、白鳥。調子に乗るなよ」

「嫌ですね、大雅様。そんな狭量《きょうりょう》なところを見せるなんて情けないですよ。女性には寛大な心で接してあげないといけません」

そんな二人の会話を聞き流して、妃翠はカフェラテに口をつける。程よい苦さがおいしい。

「おいしいです。ありがとうございます」

「お口に合ったようでよかったです」

「……あの、お二人はどういったご関係なのですか？」

そもそも自分のことをなんて説明しているのか気になるところだが、あえて自分から余計なことは言わない方がいいだろう。

飲み干したカップを白鳥に渡していた大雅は、妃翠に一言「世話係だ」と告げた。

「そうですね、私は大雅様の秘書のようなものですよ」

「なるほど……？」

やはりセレブにはそのような付き人がいるらしい。

しかし妃翠は大雅が具体的にどんな仕事をしているのか知らないし、彼が何歳なのかも聞いていなかった。知っているのは名前と総理大臣の息子ということだけ。

――知らないことだらけで結婚するって……どう考えても性急すぎるわ。

インターネットで検索すればある程度の情報が手に入るだろう。だが目の前に本人がいるのに、ネットで調べるというのもどうだろうか。

――でも、あれこれ尋ねるのはあなたのことに興味があります、って言っているようなものだし。なんだかそれも気が進まない……。

小さく息を吐いて、マグカップに口をつける。

大雅も白鳥にカフェラテを作ってもらったらしい。普段ブラック一択なのに何故飲もうと思ったのか。

同じものを飲んでいることをなんとなく気恥ずかしく思っていると、キッチンから出てきた白鳥が妃翠に声をかけた。

「妃翠様、こちらに私物をお持ちしましたので置いておきますね。僭越《せんえつ》ながら勝手に物色させていただきました」

「え！　私の荷物ですか？」

ソファの上に紙袋が二つ置かれている。つまり車から持ち出したということか。脱ぎっぱなしの洋服などはなかったはずだが、プライベートな空間に勝手に入られたというのには抵抗がある。

——喜んでいいのか怒っていいのかわからない……！

だが初対面で人当たりがよく、優しそうな白鳥には怒れない。十中八九、彼は命じられただけだろう。文句は後で大雅に言うべきだ。

「お気遣いいただきありがとうございます……」

一言礼を告げて荷物を確認する。

紙袋の中には妃翠が欲しかったメイクボックスも入っていた。これで一応人前に出られる顔になるだろう。素顔はできるだけ早く忘れてほしい。

その他充電器もあったので、ようやくスマホに電源が入れられる。しばらくしたらSNSの通知をチェックしよう。

——一日確認できなかっただけで落ち着かないなんて、現代人だなぁ……。

妃翠が唯一孤独を感じずにいられる場所、それがSNSだ。

周囲の人間とは距離を置いていたため親しい友人がいない。だがネットの世界では、自分のことを知らない人間と素性を隠して交流できる。

なるべく身バレをしないような当たり障りのない発言しかしていないし、アカウントには鍵をかけているが、たった数名との交流でも十分ひとりぼっちの心が癒やされている。

他の紙袋には衣服が数枚。カーディガンとストールなどすぐに使えそうなものが入っているが、部屋着や下着類はなさそうだった。

「女性の衣類に触れるのはよろしくないだろうと思ったのですが、目についたものだけ勝手ながらお持ちしました。あ、誓って下着類には触れていませんので」

「当たり前だろう、こいつの下着に触れていいのは俺だけだ」

「ちょっとやめてください、セクハラです」

赤の他人に下着に触れる許可など出していない。どさくさに紛れて自分は例外だなどと言わないでほしい。

やり取りを聞いた白鳥が小さく肩を震わせている。笑いを堪えている姿を見て、なんとなく気まずい気持ちになった。余計な一言を言ってしまったかもしれない。

「ふふ……随分と仲がよろしいようで……息ぴったりですね。安心しました」

――なにがだろう……。

こっちはこれからの未来に不安しかない。

「いきなり番ができたと聞いたときは、一体なんの冗談かと思いましたが」

「……っ！」

白鳥の視線が妃翠に向けられた。

世話係である彼はとっくに自分たちの関係を知っているのだと察する。

「冗談じゃないとわかっただろう。……妃翠、お前が昨夜寝落ちしたからまだこれに記入ができていない。今すぐサインしろ」

カフェラテを飲み干したらしい大雅が一枚の紙を持ってやってくる。

昨夜の記憶を思い出して、妃翠の口元が引きつりそうになった。

「……冗談じゃなかったんですね」

「こんな冗談を言ってどうする」

婚姻届に記入を迫られるなんて経験を何度も味わうなんて……。

現実逃避したくなるが、そうもできない。紙とペンがこれほど重く見えたのも初めてだ。

「……ロマンティックじゃない……」

ぼそりと本音が漏れた。プロポーズもなく結婚を迫られることに虚《むな》しさを感じる。

「なんだ、跪《ひざまず》いて愛でも乞えばいいのか」

妃翠の目の前のソファに余裕綽々《よゆうしゃくしゃく》で脚を組んで座っている男が愛を乞うようには到底見えない。尊大すぎる態度だ。謙虚さはどこに置いてきたのだろう。

「大雅様、女性の気持ちをもう少し汲み取ってあげてください」

白鳥がフォローする。

だが別に大雅に自分の気持ちを汲み取ってほしいわけでもないので、なんとも返事のしようがない。

「指輪と一緒にプロポーズをされたかったのか？　そんなものは後でなんでも好きなもの

と思え」

を買ってやる。だがこれに記入しない限り、お前は一歩もこの部屋から外には出られない

「……またそんな言い方を」

白鳥が呆れたように溜息を吐いた。

婚約指輪に憧れがあるわけでも、プロポーズをされたかったわけでもないが、一歩も外に出られないというのが引っかかった。

「……婚姻届を出すまでこのままってことですか？」

「ああ、当然だろう。お前はまだβのままだ。戸籍も身分証もβのままになっている。その間に法的に結婚してしまった方がいい。もし俺と白鳥以外の人間にΩだとバレてしまったら、国に管理されて簡単に婚姻もできなくなるからな」

さらりと告げられたが、彼が話す内容はとても重い。

もし本当のバース性が世間に知られたら、真鶴妃翠の一生は今後国に管理されることになる。戸籍までは変えられないだろうが、身分証もパスポートも特別仕様に変更させられる。またスマホもパソコンも、すべて国から支給されたものしか利用できなくなるだろう。

なにより怖いのは、この国のΩの婚姻制度だ。

――Ωは重婚が認められている。

Ωの一妻多夫制。それを許している国は多い。

日本ではΩが五十年も不在だったから、この制度が現代に即しているかなどの議論はまったくされていない。五十年前に亡くなった最後のΩの女性も、誰と婚姻していたのか公にされていないが、妃翠は知っていた。彼女が十人のαの夫を持ち、それぞれの子供を産まされていたことを。

——そんなのは絶対に嫌。

今の時代、Ωの人権を無視するようなことをすれば世論が黙っていないだろうが、逆に明るみに出なければ、なにをやってもいいということでもある。情報が外に漏れないよう徹底的に管理をされて、飼いならされた家畜のようになることだけは避けたい。

だから大雅が婚姻届の記入を迫るのも理解はできる。呆れるほど合理的な思考の持ち主らしい。

——どの道、番となった男と離れるなんてできないんだから、あれこれ考えるだけ無駄だわ。

愛のない結婚をする人間は珍しくない。契約結婚と同じだと言い聞かせながら、妃翠はボールペンを手に持った。

本籍地を覚えていてよかった。久しぶりに自分以外の、亡くなった両親の名前も記入する。彼らが生きていたら、きっとこの結婚には反対するだろう。

——二人はまさか私がΩになるなんて思ってもいなかっただろうな……。

β の親からβ以外の子供が生まれるなんてあり得ない。突然変異でバース性が変わってしまったことが国の研究機関に知られたら、遺伝子検査の研究にも参加させられるだろう。自分という存在はどこに行っても異質だ。けれど実験体のモルモットにはなりたくない。

紙袋を確認すると、通帳と印鑑が入った貴重品入れのポーチも入っていた。白鳥は抜かりのない人間のようだ。

妃翠が記入するべきところはすべて埋められたので最後に印鑑をおす。証人欄には白鳥の名前が入っていた。白鳥猛《たけし》というらしい。柔和な外見と違って随分と男らしい名前だ。

「記入しました」

「ご苦労」

上司と部下のようなやり取りだな、と内心思いながら先に記入されていた大雅の生年月日を確認する。

「大雅さんって、私の五歳上だったんですね。意外と年齢が近かったことに驚きました」

「意外と？」

大雅の眉が片方だけ器用に上がる。妃翠が自分を実年齢より上だと思っていたことに気づいたらしい。

だがそれよりも早く反応したのは白鳥だった。

「大雅様……あなたどこまでご自身のことを伝えているのですか？　きちんと会話をされ

ていたのだとばかり思っていましたが、違ったようですね……。妃翠様は年齢も知らない相手と結婚させられると思っていたのですよ。ヤクザに身売りをするような心細さを抱えていただなんて、お可哀想に」

「おい、誰がヤクザだ」

言い得て妙だなと思い、妃翠は小さく頷いた。この横暴さと傲慢さは、ヤクザの若頭と言われても納得してしまう。

大雅は機嫌悪そうに顔を顰《しか》めた後、妃翠に視線を合わせてきた。

「で、なにが知りたい。訊きたいことがあれば答えてやる」

「え……特にないです」

――そんなの急に言われても……。

あなたには興味がないと言われたも同然の返しに、大雅の機嫌が急降下したのは言うまでもなかった。

❀　❀　❀

――クソ、可愛くねえ。

先ほど妃翠が答えた「特にない」という言葉が頭の中でリフレインしている。

年齢すら告げていなかったのかと白鳥に詰られたが、忘れていただけだ。妃翠からも訊かれなかったし、あえて自分から言い出すタイミングもなかった。

とはいえ、大した自己紹介もせずに、Ωの発情にあてられて欲望をぶつけてしまったのだから、少々反省するところもなくはない。

大雅は白鳥が運転する車の後部座席に座りながら、ぼんやり窓の外を眺めていた。

妃翠は部屋に置いてきた。部屋の前には念のため見張りを置いているので、あそこから抜け出すことはできないだろう。

自分の目で監視ができない状況というのがどうにも落ち着かない。ならば一緒に車に乗せてしまえばよかったのだが、不特定多数の視線に晒されることの方が耐えられない。

出会ったばかりの女性にこんな感情を抱くなど、一昨日までの自分には想像もできなかったことだ。たった一日で自分を構成する細胞まで作り替えられてしまったような錯覚を覚える。

——まったく、気晴らしに浜辺を歩いていたのは僥倖《ぎょうこう》だったか。

外出先からオフィスに帰る前に、ふと散歩がしたくなった。外は気持ちのいい青空だったし、海を眺めながら少し歩くくらいの自由はあってもいいだろうと。

波の音を聞きながら地元の住民が犬の散歩をする様子を横目で捉《とら》えて、そして前方から風に乗って転がってきた帽子を拾った。

慌てたように駆けてきた人物は、身体の線から女性だということはわかったが年齢不詳すぎて怪しさしか感じなかった。マスクとサングラスを身に着けて帽子まで被るなど徹底し過ぎである。

お忍びで来ている有名人ではなさそうだと思ったが、相手はある距離まで近づいた直後、帽子をあげると言って走って逃げていった。恐らくあれで全速力なのだろうが、大雅の早歩きと変わらない速度だ。砂に足を取られていたのだろう。

しかしそんなことよりも、顔を見られた瞬間に逃げられたことに、大雅は呆然とした。女性に逃げられるような顔の作りはしていないはずだし、今まで逃げられたことなど一度もなかった。

なにが起こった？　と戸惑いながらも胸の奥がざわりと蠢いた。ここで追いかけなかったら一生後悔するという確信がこみ上げた。

たとえようのない焦燥感を抱きながら、大雅は頭で考えるよりも先に身体が彼女の後を追っていた。

顔を隠した怪しい女を追いかけて、我に返ったのは華奢な手首を握った直後。細くて折れそうな手首に触れた瞬間、相手の肌から伝わる熱や感触が一瞬で大雅の心を捉えて、ざわめかせた。

心臓が今まで感じたことがないほど高鳴り、熱まで上昇してきた。湧き上がるのは歓喜だ、と気づいたときには目の前の女性が気を失っていた。

顔を覆う無粋なマスクとサングラスを外し、大雅は息を呑んだ。日焼けを知らないような青白い肌は見ていて心配になるが、顔の造形は大雅の想像よりも整っていた。

大雅は面食いではない。そもそも誰かに強い関心を抱いたこともなかった。だが、彼女の顔は素直に好ましいと感じる。ひとつずつのパーツがバランスよく顔に収まっており、小さな唇から目が離せない。

そしてなにより、彼女から漂う香りが大雅の思考を一気に奪おうとする。

——なんだ、これは……。

甘い花に似た香りだ。脳髄を刺激するようなすごく好ましい、いい匂いがする。だが同時に頭の片隅で警報が鳴っていた。これは理性を崩壊させる毒に似たフェロモンだと。

どうしようもないほど身体が火照り、強制的に欲望の鎌首をもたげさせられていた。一目見ただけで誰かを攫いたくなるような衝動に駆られたことなど今まで一度もない。

大雅はその日から数日の予定をすべてキャンセルし、その場から一番近くて融通の利くホテルに直行した。彼女の車は当然このまま放置できないため、信頼できる白鳥にサポートを頼んだ。

ホテルに連れ込み、彼女の身分証を確認したときには、十中八九相手が何者なのかの予測がついていた。

――真鶴妃翠……。

運転免許証を見つめながら、心の中で何度も妃翠の名前を呟く。何故今まで出会わなかったのか不思議なくらい彼女の名前は大雅の心を摑んで放さなかった。

手荷物のバッグを漁り、内ポケットに仕舞われていた六粒の薬を見つけた。その錠剤には見覚えがあった。

すぐに海外の検索エンジンで名前を調べると、思った通りΩの発情を抑える抑制剤だった。

身分証にはβと記されているが、間違いない、彼女はΩだ。

腹の底からこみ上げてくるのは歓喜。そして同じくらい激しい苛立ちが大雅の身を焦がす。

Ωなどいないと思っていた。いや、世界のどこかには存在するし海外では何人も確認されている。だが自分の前に現れないなら存在しないのと同じだ。一生得ることができないのなら、番など呪いと同然。

運命なんていらない、そんなものに翻弄されてたまるか。Ωに振り回されて自分を失うなどどうかしている、と番を得たαを嘲笑《あざわら》ってさえいたと思う。

だが、幻扱いされているΩが自分の前に現れた。

ベッドの上で眠る妃翠を見ていると、今まで感じたことのない感情が心を乱していく。

放さない、逃がさない、自分の傍に閉じ込めておきたい。

他の男に姿を見せるなど冗談ではない、これまでその目に一体何人の男を映してきた？

何人誘惑し、この身体に触れさせた？

大雅は衝動的に抑制剤のシートをくしゃりと握りしめていた。感情をそぎ落とした顔で、抑制剤を一粒ずつトイレに流した。

手元にあるのはこれだけのようだ。ならば、このワンシートさえ消してしまえば妃翠はどこにも逃げられない。人ごみの中に行くことも躊躇うだろう。どこにαがいるのかわからない場所で、万が一発情状態になってしまえば大変な騒ぎになる。

他のαに譲るつもりはない、この女は自分のものだ――。

大雅自身も知らなかった独占欲が彼の心を支配した。

目が覚めた妃翠から死に場所を探していたと聞いたときは、いっそこのまま殺してしまおうかとすら思ったほど、強い怒りを覚えた。

ひとりで死ぬのは許さない、自分を置いてどこかへ行くことも。

妃翠の心に恋心が芽生えるのを待つなんて悠長なことはしていられない。先に身体を縛り付けてしまえば心が手に入らないかもしれないという懸念はあったが、一度抱いてしまえばそんな不安はどこかへ消えた。

Ωのフェロモンはαから理性を奪い、狂わせる。

文献でしか知らなかった状態に自分が陥る羽目になるとは思ってもいなかったが、理性を捨てた交わりは大雅を最高に昂らせた。妃翠が誰にも奪われておらず純潔を守りきっていたことに満足し、幾度となく彼女の中で精を放った。

αとしての本能がΩを噛めと訴えた。Ωに絶頂を味わわせたと同時に最奥で精を注ぎ、その直後に首を噛まなければ番になれない。

番にしてしまえば妃翠を奪われずに済む……と思いたいが、まだ抜け道が残っている。それが婚姻制度だ。

「大雅様、到着しましたよ」

「ああ」

白鳥の声に、ふと我に返る。妃翠をひとり残してやってきたのは、滞在先のホテルから一番近い市役所だ。

役所に来た理由はただひとつ。記入したばかりの婚姻届を提出するためだ。

まさか自分の結婚をこのような形で即断するとは思ってもいなかったが、そんな展開を面白がっている自分もいた。

——悪くねえ。

これまで結婚願望を抱いたことはない。家督を引き継ぐ者の義務として、いずれはせざるを得ないだろうとは思っていたが、そのときは条件付きの婚姻にするつもりだった。

気の強いαの女と結婚して一生を縛られるのは気に食わないと思っていたが、生涯の伴侶が妃翠なら悪くない。

まだ出会ったばかりで互いのことをよく知らないが、それも結婚してから時間をかけて知っていけばいい。身体の相性は抜群によかったし、なんならいろいろ仕込んでいける楽しみもある。

――Ωは重婚が認められているからな。今のうちに打てる手はすべて打っておくべきだ。

自分以外のαと妃翠を共有するなど反吐が出る。想像するだけで架空の人物を殺してしまいそうだ。

物騒な想像を頭の片隅に追いやって、大雅は車の中で待機する白鳥に「すぐに戻る」と告げた。

平日の市役所は思ったほど混んではいなかった。これならすぐに終わるだろうと、書類の不備がないことを確認して婚姻届を提出する。

対応するのは温和な見た目の男性職員だ。

職員は大雅の顔を見るなりわずかに表情をこわばらせた。笑顔を貼り付けてはいるが、一瞬で緊張感が走ったことが伝わってくる。

高圧的な態度を取っているわけでもないが、本能的ななにかを察したのだろう。

無意識に垂れ流してしまうαとしての威圧感やフェロモンは、大雅がコントロールできるものではない。

「こちらを頼みたいんだが」

「っ！　はい、かしこまりました」

上ずった声と額に滲む汗。職員の男がαならここまで緊張しなかっただろう。彼は恐らくβだ。よほどのことがない限りαが大都市以外の市役所に来ることはない。可哀想だが彼は運が悪かった。

――αの職員もいるだろうが、表の業務には携《たずさ》わらんだろうしな。

そもそも大雅はその他大勢のαすら従えることができる稀有《けう》なαだ。視線ひとつで他者を意のままに操れる特異体質を持つため、大抵のαは大雅を前にすると視線を逸らす。彼がαの帝王と呼ばれる所以《ゆえん》だ。

職員の男が大雅の婚姻届を持ったまま裏に引っ込んだ。すぐに戻ってくるだろうと思っていたが、なかなか姿を現さない。

――遅い。

こんな単純な書類の処理に十分以上も、なにをちんたらやっている。

苛立ちが募るほど威圧感が増して、周囲の人が避けていく。遠目からちらちらとこちらを見遣る視線には慣れているが、神経が昂っている今はそれすら鬱陶《うっとう》しい。

ようやく先ほどの職員が戻ってきた。彼の手には先ほど提出した婚姻届があるように見える。

だが、職員の男の表情を見て、大雅の目はスッと細められた。

「……大変申し訳ございません。こちらの婚姻届は受理できないようです」

「……どういうことだ」

いつもより低い声が威圧的に響く。可哀想な職員は涙目になっているが、そんなのは知ったことではない。

大雅は静かに苛立ちつつ、謝罪を繰り返しながら要領の得ない説明をしてくる職員を横目に、何故受理されないのか、その真の理由を考えていた。

第三章

婚姻届が受理されなかった直後、大雅はすぐさま詳しい理由について調べ始めた。

市役所の職員から要領を得ない説明を一通り我慢して聞いても苛立ちが増すばかりで理解できなかったが、結論として、どうやらαの中でも特に古くから続く家柄の者は、一般的な婚姻書類の他にも当主の捺印とサインが必要になるらしい。

必要書類を準備した際、きちんと婚姻届の書き方について調べたが、役所のサイトはもちろん他のWEBサイトのどこにも、一部のαの婚姻には一般人と異なるプロセスが求められることなど記載されていなかった。

一体いつからそんな制度になったのだと問い詰めたいのを堪えて、必要なのは当主の捺印とサインだけなのかと改めて確認した。

だが厄介なのはそれだけではなかった。

「——非常に申し上げにくいのですが……お相手の真鶴妃翠さんの婚姻には、異議申し立てが申請されております」

額の汗を忙しなくハンカチで拭きながら、職員が恐々大雅に告げた。

異議申し立ては、αにのみ与えられた特権のひとつだ。

本来は婚姻届が出された後に異議を申し立てるという順序だが、先んじて異議を申し立てておくことも可能であり、この申し立てが受理されると婚姻届が提出された際に、申請者に連絡がいくシステムになっている。また、申請者の承諾なしに婚姻届が受理されることもない。

よほどのことがない限り、異議申し立てを申請するようなαはいないし、申請が受理されるにはαというだけでなく、その者との近しい関係であるなど、他にも様々な条件がある。大雅も実際に申請したαがいることなど聞いたことがなかった。滅多に使うことのないαの特権を使用されたことに胸騒ぎがする。

そもそも何故βである妃翠に異議申し立てが申請されているのか。

「その申請者は一体誰だ」

大雅の気迫に押されて、職員は異議申し立ての写しを見せた。

申請者の欄には大雅も知らないαの名前……「百瀬隼翔《はやと》」が書かれていた。

——誰だ？

妃翠の関係者に違いない。だが彼女の口からαの知人がいることは聞いていない。いや、まだ交友関係を明かしてくれるだけの信頼が大雅にないのかもしれない。

――そもそも会話が足りてねぇ。

互いのことを十分に知ってから婚姻届を提出するという通常のプロセスを無視するべきではなかったようだ。一足飛びにやろうとするからこういう事態が起こる。

苛立ちを抱えたまま、市役所を出た足ですぐに次の案を練る。

懐《ふところ》に仕舞った婚姻届は多少皺《しわ》がついただろうが、再提出には問題ないだろう。

白鳥に状況を伝えると、彼も当主のサインについては初耳だったらしい。難しい顔で思案している。

「……まさか名家のαの婚姻制度がそこまで複雑だったとは知りませんでした。恐らく相手がαであれば、この制度は適用されなかったのでしょう……α以外との婚姻のみ、ややこしい手続きが発生するのかもしれません」

「クソッ、時代錯誤も甚だしい。何故こうまでして管理されなきゃならん」

「そうですね、今後はΩだけではなくαの血筋も国が管理をと言い出しかねませんね……皇家はαの名家としても有名ですし。こうなるともうとっくに国の管理に入っているのかもしれませんが」

車内に重い空気が流れる。

市役所に到着するまでは、早く提出してしまいたいという焦燥感しかなかったが、今は紙切れ一枚の重さが厄介だった。

「それにしても皇家の当主の承認が必要とは、大雅様の婚姻は国家レベルになりますねえ……」

白鳥がしみじみと呟いた。

「今後のプロセスを考えるだけで面倒くせえ……。首相官邸なんてそう簡単に行けるかよ」

身内でも申請が必要だ。大雅の父親が総理大臣になってから、家族の交流というものは年に一度しか行われていない。

身内に会社経営者がいるというのも厄介だ。民間企業との間に癒着がないか、常に厳しい視線に晒される。

多忙な父を捕まえることは厳しいが、隠居している祖父ならどうだろうか。時に祖父の捺印とサインは当主以上に効力がある。

大雅の祖父の発言力は無視できないはずだ。経済界の重鎮として長くこの国の経済成長を支えてきた人物であり、多忙な父の代わりに未だに当主代理を務めることもある。

齢《よわい》八十を過ぎているが、身体も健康でぴんぴんしている。

――クソじじいに頼るなど絶対嫌だと言いたいところだが、仕方ない。背に腹は代えられないか……。

他の人間に先回りをされて婚姻を妨害されている状況が腹立たしい。時代錯誤の制度を未だに守っている国もどうかしている。

祖父に頼ることはいささか大雅のプライドを傷つける行為だが、使えるものはすべて使わないと妃翠が手に入らないのなら仕方がない。

苛立ちを感じつつも、大雅はこれまでに感じたことのない高揚感に口角を上げた。

——腹が立つが、ここまでくると面白い。こうまでしないと手に入らない女なんて出会ったことがねえ。

妃翠を見つけたとき、歓喜と同じくらい苛立ちを感じていた。自分にΩの番なんていらないと思って生きてきたのに、何故急に現れるのだと。

一度抱いた後は、箍《たが》が外れたように際限なく欲望が湧き上がって止まらなくなった。妃翠がどう感じていたかはわからないが、首を噛む前から大雅の本能が妃翠は運命の番だと訴えていた。

番なんて求めていないはずだったのに、妃翠に触れてからは自分がひどく渇いていたことを知った。知りたくなかったことを気づかされてますます苛立ちが増し、妃翠を屈服させたくなった。こんなふうに大雅の心を乱した責任を取らせてやりたい。

——さっさと籍を入れたら多少はこの苛立ちも治まるかと思ったが、仕方ない。妨害する奴ら全員消すか？

邪魔をする奴らは消してしまうのが手っ取り早いが、あとの処分が面倒そうだ。短絡的な思考になりかけている自分に呆れるように、大雅はそっと息を吐く。

妃翠が知らないところで、彼女を知るαが婚姻の妨害をしている。そしてそんな彼女と結婚するためには総理大臣のサインが必要になる。この二つを聞かされたら、一般人の彼女は涙目になってしまうだろう。

彼女の泣き顔を想像したところで大雅は首をひねった。

妃翠の泣き顔は非常にそそられるが、その原因が自分以外ということが面白くない。むしろ何故自分の女が他の男たちによって泣かされなければいけない？　なんだか無性に腹が立つ。

苛立ち、焦燥、高揚、怒りと、大雅の胸中では様々な感情が渦巻いていた。消化しきれなくなりそうだ。

――妃翠を狙うα……百瀬、隼翔だったか。この男についても調べるか。

妃翠に直接尋ねてもいいが、彼女を不安にさせたくない。ある程度調べて、それでもわからなかったら確認すればいい。

まだ出会ったばかりの女性にここまで入れ込むことになろうとは思いもしなかった。

普段なら女性に翻弄されるなんて冗談ではないと憤るところだが、相手が妃翠だと思うと何故か悪くないと思ってしまう。

「じじいに連絡を取るか……」

「ああ、そういえば先日、清鷹《きよたか》様から石垣島の別荘に行かれるとの連絡がありましたよ」

「はあ？　石垣島？　クソじじい……よりによってそんな遠いところに行くなんて嫌がらせか！」

「さすがに偶然だと思いますよ。それに夏ですからね……綺麗な島に行きたくなるのは仕方ないかと」

近場にいる父は多忙を極めて簡単に会いに行ける人物ではない。隠居している祖父はしばらく島に滞在するだろう。

物理的に遠い場所に行くにはかなり無茶なスケジュールを組まなくてはいけなくなる。すでに妃翠を囲うために数日仕事をキャンセルした。ふたたび仕事のスケジュール調整をしなくてはならない。

今すぐ島に飛ぶということは避けたい。妃翠の存在がどこで漏れるかわからないから、細心の注意を払う必要がある。

大雅は、コンタクトを取りたいという意思は祖父に伝えて、先に電話で協力を仰ぐことにした。

「百瀬隼翔という人物のことはいかがしますか？」

「αには違いないだろうが、詳しく調べる必要があるな。αのデータベースにハッキングするか」

「またそんな堂々と犯罪を……」

「閲覧するくらい大したことじゃない。逃げ道があるからな。気づかれなきゃいいだけだろう」

白鳥が小さく溜息を吐いたが、大雅はどこ吹く風だ。

閲覧に制限がかかっている情報についても上級αの特権が適用される。権利を乱用することは好まないが、使えるものはなんでも使う主義だ。

――妃翠とはどんな関係だ？

彼女を狙うのなら徹底的に暴かなければいけない。

大雅は不敵に笑った。

❀　❀　❀

ホテル暮らしが始まってから三日目。そろそろ部屋のクリーニングを断ることもできなくなったようだ。

「極力他人を部屋に入れたくないが、仕方ない。朝一で済ませるよう時間指定をしておいたから、掃除中はラウンジにでも行っておくか」

「はあ、そうですか……」

──そういえばずっと部屋にいたのに全然掃除に来なかったわ。断っていたからだったのね。確かに掃除中は邪魔にならないように外に出てた方がいいし……。

大雅が嫌がるのも理解できる。妃翠を迂闊に外に出したくないというのも。

貴重品をまとめて部屋の金庫に保管させられる。その中には妃翠の身元がわかるような免許証や保険証も入っていた。気にしすぎぐらいが丁度いいのだろうと思い、妃翠は素直に大雅の命令に従った。

「十時半から十二時までかかるらしい。まあそんなに散らかっているようには見えんから、もっと早くに終わるだろうが。ちょうどブランチの時間だな、食いに行くぞ」

このホテルに来てからはルームサービスと白鳥が作った朝食のローテーションだったから、部屋の外で食べるのは久しぶりだ。手早く身支度を整えて、財布とスマホをハンドバッグに入れる。

「……っ！」

扉を開けた途端、大雅が妃翠の手を握ってきて息を呑む。

──え、なんで手を繋いで……って、違うか。繋いでいるわけじゃなくて拘束しているのよね。脱走なんてしないのに。

その証拠に指を絡めた恋人繋ぎではない。ただ一方的に手を包まれているだけだ。

一瞬ドキッとした胸の高鳴りは、扉の外に待機していた二名の黒服の男たちを見た瞬間別の緊張に変わった。

「どちらへ」

「これから部屋の掃除があるからな、その間このフロアにあるラウンジでブランチをとる。お前たちもついてくるか？」

「お供します」

――お供されちゃうんだ……。

妃翠には彼らが誰なのかさっぱりわからないが、想像はつく。テレビドラマなどで見たことがあるSPという人たちではないか。だが要人警護をしているSPが大雅の傍にいるはずが……と思うが、彼は現総理の息子で代々αを輩出する家柄の嫡男。SPではなくても、民間のボディガードぐらいはついているだろう。

――じゃあなんで、ひとりで砂浜なんて歩いていたのよって思うけど……。

たまたまひとりで歩いていた彼と出会えてタイミングが良かったと思うべきか、悪かったと嘆くべきか。その結論はまだ出ていない。大雅に囲われ始めてからまだ三日だ。彼は昨日はほぼ一日外に出かけていたため朝と夜しか会話ができていない。

手を引かれながら彼の背中をじっくり見つめる。定期的にジムに通っているのだろう、シャツの上からでも鍛えられた身体をしているのがわかる。

――昨日あれほど急かしていたのに、婚姻届をまだ提出していないなんて。なにかあったのかな？　ご家族に反対されているとか？　……大いにあり得る。

ごく普通の家庭であっても、両家に挨拶をしたうえで婚姻届を提出するのが一般的だ。同じバース性なら揉めることは少ないが、相手が異なるバース性の場合はあまり歓迎されないらしい。

αとβの子供はβになる。よって、由緒正しいαの家柄は必然的にαの伴侶を得なくてはならない。

例外がΩだが、日本では絶滅していると思われている。海外のΩと結婚するのも不可能だ。Ωのいる国が外国人との結婚に制限をかけており、国際結婚は認められていないからだ。

先に婚姻届だけを作成し、いつでも提出できる状態にしておいて皇家との交渉に入ったということなのだろう。大雅は見たところ気が長くはないし、合理主義者だ。

——私は口を出さない方がいいわね……黙っていよう。

妃翠には婚姻に反対する親族はいない。ある意味身軽ではあるが、頼れる者がほとんどいない孤独な状態でもあった。

ホテルの部屋を出て少し歩くと、エレベーターホールに到着する。そこから一階に降りるのかと思いきや、大雅はホールを素通りした。

そういえば同じフロアだと言っていたことを思い出す。

このフロアには専用のレセプションもあるようだ。部屋数が少なかったことを考えると、やはりスイートルームやデラックスルーム専用のフロアなのだろう。

――私がイメージしていたラウンジじゃない……。

遠くに海が見える。妃翠と大雅が出会った砂浜だろうか。

広々とした作りのラウンジは席と席の間が広く、ゆったりした空間になっている。背後まですっぽり覆われたタイプのボックス席のため、周囲の視線が気にならなそうだ。そもそも客が他にいないため、貸し切り状態である。

「素敵な眺めですね」

「ああ、悪くないな」

――この人が言う悪くないって、いいってことよね。なんだか理解できてきたわ……。

この傲慢な御曹司は素直な性格ではないのだろう。褒め言葉もすんなりとは言わないらしい。

値段が書かれていないメニューに複雑な心境になりながら、オシャレワードの羅列を凝視した。横文字が多くて目が滑る。けれど、なんとなくメニューはわかった。

――ホテルのパンケーキって絶対おいしいよね……オムレツも絶対おいしいやつだわ。

エッグベネディクトもレストランによって違うだろう。卵の誘惑には抗いがたい。

「なにを悩んでるんだ？」

大雅が横から口を出した。彼はあっさり決まったらしい。

「全部おいしそうだなと。エッグベネディクトも気になるし、でもパンケーキも捨てがたくて」

「どちらも頼んだらいいだろう」

さらりと提案されるが、少し考えてほしい。ずっと部屋に閉じこもっているのに食べてばかりいたらどうなるのかを。

「運動していないのでさすがにちょっと……」

「運動なら夜にすればいいじゃないか」

一昨日以降、大雅も思うところがあったのか、無理やり抱いてくることはなかった。だが、これは夜の誘いで間違いないだろう。

「大雅さん……」

「お前、ベッドの中でだけは呼び捨てだよな」

「もう口を閉じてください……」

完全にからかわれている。顔を見なくてもニヤニヤ笑っているのがわかる。

――そりゃあ女性にモテモテなα様なら、このくらいの軽口どうってことないでしょうけど。こっちは初心者なんですからね……。

異性との接触をずっと避けてきた妃翠にとっては恥ずかしくてたまらない。うまい切り返しなど思いつくはずもなく、今の会話が他の人に聞かれていないか気になってしまう。

大雅は妃翠が食べたいと言っていたエッグベネディクトを注文してくれた。彼用にはオムレツとこだわりヨーグルトを注文している。最後にパンケーキも注文した。

「え、パンケーキも？」

「食うんだろう？　食べきれなければ俺が食べる」

そう言ってコーヒーを二つ追加して、メニューを返した。さりげなく、妃翠が残しても自分が食べると言われると、何故だか胸がそわそわする。

――なんだろう、むずがゆいような、居たたまれないような……。

ごく自然にその台詞が出るあたり、他の女性に対しても同じようなことをしているのかもしれない。

きっと自分だけが特別なわけではない。だから余計な感情は抱かない方がいい。

「ところで、お仕事は大丈夫なんですか？」

「ああ、午前中は空けておいた。急ぎの連絡があれば別だが、白鳥から緊急の電話も来ていないし問題ないだろう。午後の方は海外とのやり取りが増えるから慌ただしいが」

白鳥から聞いた話では、大雅は祖父の会社の社外取締役をしている他、自身も会社を経営しているらしい。いろいろと幅広く事業を展開しているそうだが、具体的な事業内容や会社名までは聞いていなかった。

——深く知らない方がいいと思っていたし、知ってしまったら後戻りができない気がするし……。

番になっているのだからすでに後戻りはできないが、気持ち的な問題だ。今後、しっかり大雅と向き合いたいと思ったときに、あれこれ訊きたくなるはずだ。

今はまだ自分のことで精一杯で、大雅の事情を深掘りするキャパがない。彼から告げられたら別だが、言わないということは知らなくても構わないというのと同義だと思っていた。

——まあ、皇家のαなんだから、一般人には到底手出しができないようなあれやこれやをしているんだろうな。でも経営者って忙しいだろうに、よほど部下の方たちが優秀なのか、白鳥さんが頑張ってくれているのか……。

大雅のプライベートにまで気を回してくれる白鳥が有能なのは理解していた。彼はβだからこそ、こんなに細やかな気配りができるのかもしれない。αは優秀ではあるが、良くも悪くも自己主張が激しいため、裏方に回る気質ではないのだ。

運ばれてきたブランチメニューは想像以上に豪華で、コーヒーの香ばしい香りに食欲をそそられる。パンケーキは半分食べたところでお腹がいっぱいになったが、宣言通り余ったものは大雅がぺろりと平らげてくれた。

男性らしい食べっぷりなのに優雅だ。相変わらず目を奪われる。

カトラリーの使い方は自分の方がぎこちないだろう。すべてお箸で食べたい。

「満足したか？　パンケーキ」

「はい、ありがとうございます。大雅さんも甘いもの食べられるんですね」

「俺は甘党だからな」

そうなのか。なんとなく男性は甘いものが苦手な人が多いと思っていた。

——意外……って思うのは偏見かな。女性だって甘いものが苦手な人もいるし。

コーヒーはブラックを飲んでいるが、妃翠が知らないところでは甘い物を頼んでいるのかもしれない。

そんなことを想像してハッとする。つい大雅のことばかり考えていた。

「ところで妃翠、いい加減丁寧語やめろ。他人行儀すぎる」

空《から》になったコーヒーカップをソーサーに戻した大雅が思い出したように妃翠に告げる。

他人行儀すぎると言われても、口調をすぐに改めることは難しい。

「丁寧語なしというのは馴れ馴れしいのでは……」

「夫婦になるのにか？　それこそおかしいだろう」

——夫婦……！

何故だろう。番と聞くと現実味がないのに、夫婦と聞くとどぎまぎする。

普通が一番だと笑っていた両親は、とても仲がよかった。高校のときの同級生で、いつも対等に会話をしていたのを覚えている。夫婦間でも「お父さん」「お母さん」呼びをせず、名前で呼び合う理想の夫婦だった。

両親のような仲のいい夫婦に憧れはあるものの、大雅とそのような関係になれるかはわからない。だが彼が言うように、丁寧語を改めるというのが距離感をなくす一歩ではあると思う。

「ああ、お前が丁寧語を使うたびにお仕置きをするというルールでも作るか。それならいいぜ、存分に使え」

「……意地が悪すぎません？」

「お仕置き一回な」

「っ！　い、意地悪……」

大雅が機嫌良さそうに笑う。悔しいことにその顔は好みだ。

――顔がいいって得すぎる……じゃなかった、お仕置きってなに！

「精々震えて仕置きを待ってろ。今夜が楽しみだな」

ろくなことではないということだけは伝わった。妃翠は頬がぴくりと引きつるのを抑えられなかった。

❀　❀　❀

クリーニングサービスが終わった部屋に戻ると、ドリンクやアメニティが補充されており綺麗に整えられていた。

仕事の呼び出しを受けた大雅は、妃翠に部屋から出ないように言いつけて、どこかへ行ってしまった。

暇ならこれで時間をつぶせと言って、タブレットを渡された。好きな本を購入していいという気遣いだろうが、利用するのは気が引ける。

「勝手に使わせてもらうのも購入履歴見られるのも、なんだかな……」

小説も漫画も好きだが、本棚を見られるのは恥ずかしい。誰かと作品を共有して趣味の会話をするのは、SNSのフォロワーだけで十分だ。気兼ねなく共通の話で盛り上がれる。

電子書店のサイトには購入履歴がないところから、彼は一度も使っていないのだろう。とりあえず一万円分のポイントを購入しておいたと言っていた。気になっていた漫画を大人買いできる金額だが、妃翠は電源を切った。

「確か私もまだポイントが残っているサイトがあったし」

バッグに入れっぱなしのスマホを取り出す。

昨日のうちに、細々とやっていたアクセサリー販売の受注を一時停止した。こんな状況になる前に受注分をすべて発送できていてよかったと思う。

販売再開を楽しみに待っているとのメッセージが届くと、心がじんわり温かくなった。趣味の延長のお小遣い稼ぎとして始めてみたが、顔の見えない誰かとの交流が妃翠の居場所を作ってくれる。

日課となっているSNSでの情報収集をしていると、トレンドの上位に気になるトピックを見つけた。

「幻のΩ発見……。また？」

定期的に上がるトレンドだが毎回嘘やガセネタだ。一度だけ本当に海外でΩが発見されたことが大々的に発表されたことがあった。

海外でΩが見つかったのなら構わない。今回もそのような話だろうか。心臓に悪いのでどうか日本国内の話でなければいい。

――どうせガセネタだよね……。

恐る恐るそのトレンドを検索する。一番話題になっているものが上位に現れた。『幻のΩ発見か』というタイトルでネットニュースが上がっている。都内の病院で、と書かれた記事に嫌な予感がした。

――まさか……。

ページをクリックした。確認せずにはいられなかった。

そこには病院の待合室に座っている女性の写真が写っていた。目元はモザイク加工が施されてわからなくなっているが、間違いない。

「これ、私の写真だ……」

いつ撮られたのだろう。いや、どうしてこんなものが出回っているのだろう。

記事には都内の個人病院でΩの抑制剤が秘密裏に処方されていたと書かれている。病院名は伏せられているが、この事実が発覚したら妃翠にまでたどり着くのも時間の問題だ。

病院の院長は数か月前に亡くなっていることまで特定されており、Ω保護管理局からのコメントはまだないとされている、と締めくくられていた。

この記事を引用した呟きがものすごい勢いで拡散されている。

本当に、幻のΩが発見されたのでは？　と興奮する人や、またガセネタだろうと半信半疑の人、もし嘘のネタだったら勝手に写真を使用された人にどう謝罪するのかといった指摘をする人、何故Ωを隠していたのかと亡くなった院長にきつく抗議する人……。

もし病院の院長が隠ぺいをしていたのなら、国への裏切り行為では？　と罵倒する呟きを見て、妃翠の心が嫌な音を立てた。

手からスマホが滑り落ちる。

今までに経験したことがないほど手足が冷たくなって力が入らない。

「なに、これ……どうして急に……」

百瀬が亡くなったと知った日から病院には行っていない。

不定期に実家に帰宅はしていたが、郵便関係の確認と簡単な掃除のためにしか帰らないようにしていた。あまり長期間家に滞在していたら、近所にある病院の関係者と鉢合わせして、色々訊かれてしまう気がして怖いから。

百瀬が亡くなったのは病気でではない。消されたのだと思っている。

彼が亡くなる前に、妃翠宛てに一通の手紙が届いた。もし自分の身になにかあったら、迷わずこの町から出るようにと書かれていたのだ。そして百瀬の代わりに抑制剤を融通してくれるであろう信頼のおける人物の名前が書かれていたが、妃翠が訪ねたことはない。これ以上自分のことに誰かを巻き込むのは嫌だった。

「先生……」

両親が亡くなってから百瀬はずっと親代わりで、Ωだと判明したときも二人だけの秘密にしてくれた。抑制剤を入手するのは困難だっただろうに、妃翠を不安にさせることは一切言わなかった。

その彼の死後、こんなふうに国への裏切り行為と罵られるだなんて想像もしていなかった。怒りと悲しみと、自分の所為《せい》で百瀬の名誉が傷つけられたというショックを受ける。

「どうして、どうして……？」

一体誰がこのようなことを言い出したのだろう。情報源がどこなのかわからない。

だが記事の拡散は止まらない。テレビのニュースにも取り上げられているかもしれない。

――事実確認をされたら、どうなってしまうんだろう。

病院を特定されたら、その病院に通院している人間の個人情報はどこまで開示されるのかわからない。

Ω保護管理局が法的な手段に出たら抵抗できないはずだ。

自分のあずかり知らぬところで勝手に情報が拡散されるのは怖さしかない。

モザイク加工をしていても、気づく人は気づくかもしれない。この病院に通っている人間が迂闊にあそこの病院だと言い出せば、簡単にその近隣の住民が狙われる。どこに記者がいるかわからない状況で日常生活を送ることに不安を抱く住民も出てくるだろう。

――帰れない。もうどこにも行けない……。

セキュリティがしっかりしているホテルで軟禁生活を送っていることにホッとする。大雅はもしかしたらこのような事態になることを想定していたのかもしれない。

怖くてテレビをつける気にもなれず、スマホの電源も切ってしまった。

妃翠にとってSNSは自分の素性を知られる可能性のない息抜きの場だった。ハンドルネームを使い同じ趣味を持つ相手と交流ができて、Ωやβなどバース性も気にする必要がない居場所だ。顔も知らない誰かと会話ができるのはある意味とても安心できた。

だが自分の存在が話題になってしまったら、もう気軽にSNSを利用することもできない。第二の居場所を失ったも同然だ。

愛車のキャンピングカーにも帰れず、この場から動くこともできない。

一体どうしたらいいのかがわからず、なにも解決策が思い浮かばない。自分が無力だと再認識するだけだ。

――なんでこんなことに。私はただ、普通に生きられたらそれでよかったのに……。

両親が生きていて、たまに旅行を楽しんで、少し退屈でそれほど刺激のない日常。それがどれほど恵まれていることなのか、失ってから何度も気づかされた。

平凡でいい、普通が一番。両親の口癖と同じように、妃翠はΩだとかバース性に翻弄されたくもなければ話題の中心にもなりたくない。

――誰にも注目されることなく、心から安心できる居場所が欲しい……。

ソファの隅で蹲《うずくま》りながらギュッとクッションを抱きしめる。

どれほどの時間が経過したのだろう。すっかり日が落ちた頃、急に部屋の電気がパッとついた。

「妃翠？　……電気もつけずになにしてるんだ」

俯《うつむ》いていた顔を上げる。

訝《いぶか》しそうな表情を浮かべて近づいてくる大雅を見ると、心細かった気持ちが霧散した。

「大雅……さ」

さんはつけてはいけなかった。鈍くなった頭で考えていると、彼の眉根がギュッと寄っていることに気づく。

「どうした」

抱きしめていたクッションを容赦なく取り上げられた。彼は本当に横暴だ。一体なにが気に食わないのかがわからない。

だがどこか痛ましい顔で見つめられると、急速に縋りつきたい衝動が溢れてきた。

「私……」

「ひとりで泣いてんじゃねーよ」

ひどい言い草だ。なのにその声に安心させられる。

大雅の指が頬に触れたことで涙を流していたことに気づいた。

「あ……」

大雅がソファに座った。隙間なくぴったりくっつくと、彼の腕が身体に回って抱き寄せられる。

身体が引っ張りあげられて、向かい合う形で膝の上にのせられた。

「なにがあった」

思慮深い声が鼓膜を震わせる。

こんなふうに抱き寄せられて事情を訊かれるなど思ってもいなかった。ショックを受けていたはずが、今はもう心臓が騒がしい。

――なんで胸が騒がしいんだろう。

慣れないことをされているからか。それとも相手が大雅だからか。

わからないことだらけだが、彼の手の温もりは妃翠の頑《かたく》なな心を溶かしていく。

「……許可なく触れないでって言ったのに」

「今まで触れなかっただろう。手しか繋いでない」

そうは言ってもたった二日で破られるとは。だが彼としては譲歩した方なのかもしれない。

「俺は女の慰め方なんて知らねえんだよ。だが泣くなら俺の前で泣け」

どこまで傲慢なんだろう。だけどその方が彼らしい。

妃翠は思わず笑ってしまった。まだ知り合ったばかりで信頼できる相手なのかもわからないのに、心が急速に引き寄せられている。

少しだけ、甘えてみてもいいだろうか。

人に頼る方法なんてわからないし、甘え方なんて知らないけれど。大雅なら文句は言っても突き放したりはしない気がした。

――ずっとひとりだったから、孤独で寂しかったことを誰にも言えなかった。誰かを頼るなんて迷惑だし、頼ってもいいなんてわからなかった。

百瀬以外の誰に縋ればいいのかなんて判断できなかった。百瀬に負担をかけていることにずっと負い目も感じていた。

けれどこうして抱きしめてくれる相手がいることに安堵する。本当は誰かに抱きしめてもらいたかったのかもしれない。

「大雅……」

名前を呼んで、妃翠は初めて自分から彼にギュッとしがみついた。服の上からでもわかる逞しい腕に触れる。

「それで？　なにがあった」

三度目の問いに、妃翠はＳＮＳのトレンドにΩが発見されたことが上がっていたことと、自分の写真が盗撮されて上げられていたことを告げた。だが百瀬に関することまではまだ明かせそうにない。

「なんだと？」

大雅の声に怒気が混ざる。彼の身体がこわばったのが伝わってきた。

「だから怖くて……テレビもつけられない……」

震えることしかできないなど無力すぎて嫌になる。

大雅は妃翠の心情を慮《おもんぱか》ったように、抱きしめる腕にギュッと力を込めた。

「テレビなんてつけなくていい。どうせただの暇つぶしにしかならん」

いろんな方面に喧嘩を売る発言が彼らしい。もしかしたら彼も過去に嫌な報道をされたことがあるのかもしれない。

――そうだ、この人は報道される立場の人だったっけ。一般市民とは別の場所に立っているから……。

とはいえ、下手なことを記事にしたらその出版社ごと潰されそうだが。皇家を敵に回す覚悟があるとは思えない。

「俺はSNSを利用していないんだが、今どこまで広まっているのか確認させる。スマホを持ってくるからちょっと待ってろ」

「え……離れるのは嫌」

ポロッと本音が零れたが、すぐにそんなことを呟いてしまったことを後悔する。

「ご、ごめんなさい、違うの。すぐに退くわ」

――恥ずかしい……！

身体を離して彼の上から退こうとする。

が、何故か大雅は妃翠を放そうとしなかった。

「お前から求められるのは気分がいいな」

先ほどまでの怒気はどこに行ったのかと思うほど、上機嫌な顔をしている。何故だか嫌な予感がした。

「も、求めているわけじゃ……」

「抱っこしたまま運ぶか」

――話を聞いていない……！

お尻の下に腕を差し込まれた。このまま子供のように縦抱きをされるのだと思うと、奇妙な焦りを覚える。

「ま、待って！　運ばなくていいから……！」

「少しでも離れたら泣いて震えるんだから仕方ない」

「ち、ちが……！」

泣いて震えてはいたが、それは心細さと恐怖からだ。これからどうなってしまうのだろうと不安だし、晒しものになった気分は怖さしかない。

決して、大雅と離れることが寂しくて泣いていたわけではないのだが、大雅は聞く耳を持たなかった。

摑まっているようにと一言告げて、妃翠を持ちあげたまま移動する。ダイニングテーブルに置かれたスマホを取りに行くだけですごい重労働のはずだ。

「もう下ろして……」

「そう言われると下ろしたくなくなるなぁ」

――意地が悪い……！

天邪鬼のような性格だ。とても性質《たち》が悪い。

だが妃翠を抱えたままでは電話ができないと思ったのだろう。渋々妃翠を下ろすと、ガッシリ腰を抱いてきた。逃げられないように拘束される。

スキンシップが過多で居たたまれない。恥ずかしいけれど、自分から抱き着いてしまったことを思うと、突き飛ばす方がひどい気がする。

――ダメだ、心細くなると人肌が恋しくなるなんて知らなかった……。

腰を抱き寄せる腕の力強さにホッとしてしまっている。決して恋心を抱いているわけではないはずなのに、彼の温もりを好ましく感じている自分に気づいていた。

大雅が手短に白鳥に連絡を取り、電話を切った。要件のみしか伝えていないが、それだけで動いてくれるのだろう。信頼関係がしっかり築かれているようだ。

「とりあえず今日はスマホの電源を切っておけ。テレビをつけるなら映画チャンネルや決まったものだけにするぞ。まあ俺としてはなにもつけなくていいと思うが」

「……うん、そうする」

SNSもインターネットもしばらく利用を控えよう。見たくない情報を目にして心が落ち着かなくなりそうだ。

今はまだなにもできないことがもどかしいが、世間もΩ発見のニュースに信憑性がないと思ってくれたらいい。情報源がどこなのか、きちんと裏付けがされているのかわからなければ、常識的な人間ならはやし立てたりはしないはずだ。

——怖いのは身元を明かそうとしてくる人間がいるかもしれないことだけど……。

ネットで出回っている写真は、近所に住む人なら妃翠だと気づくかもしれない。だが妃翠の両親がβだということを知っている人ばかりだ。妃翠のことだと気づいても、たまま写真を利用されただけだと同情的に見てくれるだろう。

百瀬以外に妃翠がΩだということを知る人物がいなければ、妃翠のカルテにもどこにもΩという記録は残っていないはずだ。抑制剤をもらい受けていたときは、受付すらしなかった。直接院長のもとへ行っていたから。

腰を抱かれたまま、ずるずる運ばれる。どこへ？　と気づいたときには、何故かバスルームへ到着していた。

「あ、お風呂に入るの？　ごゆっくりどうぞ……」

「なに離れようとしてんだ。お前も一緒に入るんだよ」

湯を溜めながら大雅が妃翠の手を握る。その表情はどこか楽しげに見えた。

「飯か風呂と思ったが、先に風呂に入った方が夜の時間が有意義に使えるからな」

「私はひとりで……」

かろうじて抵抗をしてみたが、大雅は聞く耳を持とうとしない。湯がまだ溜まっていないのにもう妃翠の服を脱がそうとする。

「ま、待ってください……！」

「往生際が悪いぞ。もう隅々まで見てるんだ、さっさと俺に触れられることに慣れろ」

——横暴……！

抵抗虚しく衣服をはぎ取られて、半分以上溜まった湯に浸からされる。広々としたラウンド型のバスタブは、何度入っても慣れそうにない。

一体この部屋のコンセプトはなんなのだろう。こんなにバスルームの存在感が強い部屋を見たことがない。

「あの、もう少し離れてほしいんですが」

背後から抱きしめられている状態ではリラックスできない。

「お前さっきから丁寧語が戻ってるぞ。朝の分も入れて三回か。お仕置きだな」

「三回！」

数えていたとは思わなかった。意外と粘着質だと思う。

それにお仕置き設定は大雅が勝手に言い出したことだ。妃翠が納得したわけではない。

けれどここで抵抗するとまた面倒なことになりそうだ。

——デコピンとかで我慢してくれないかな……。

「どうするかな、泣くまで焦らすか」

鬼畜では？

「それじゃご褒美になりそうだな」

妃翠は口をつぐんでコメントを控えた。

「じゃあお前から俺にキスで許すか。三回な」

「私から……？」

彼なりに譲歩したのだろうか。だが三回もだなんてハードルが高い。

――でも口とは言われなかったし、頬に三回なら……。

恥ずかしいが、さっさと終わらせるべきだ。妃翠は後ろを振り向き、さっと大雅の両頬に軽いキスをした。

「……ままごとか？」

大雅が不満そうに呟いた。

「一応、キスはキスだから……どことは言われてないもの」

すかさず彼の腕から逃げようと腰を上げる。

だが、腹部に腕が回って身体を引き寄せられた。膝を立てた彼の脚の間に閉じ込められると、お尻にゴリッとした硬いものが当たる。

――っ！　な、なんでもう……！

つい先日まで処女だったのだ。男性の生理現象には慣れていないし、番になった夜以来大雅と肌を重ねていない。発情していないない状態でこんなふうに触れ合うことがこれほど緊張するとは思わなかった。

「ちょっと、やっぱり離れて……」

「嫌だ」

「ん……っ」

うなじに触れるだけのキスを落とされる。

先日つけられた噛み痕の上に柔らかな感触が伝わり、肌を粟立たせた。数日経過して薄くなったとはいえ、まだ噛み痕は残っている。あのときの瞬間が蘇りそうになり、妃翠は身体を縮こませた。

不埒な手が妃翠の胸を揉みしだく。お尻に当たる硬いものが硬度を増した気がした。

「た、大雅……」

なんとか呼び捨てで名を呼んだが、慣れるまで時間がかかりそうだ。

「顔真っ赤。慣れろよ」

「無理……！　それに、なんでもう大きくなって……」

「あ？　お前この状況で勃《た》たない方がマナー違反だろう。勃ってなかったら女が怒っていい場面だぞ」

「ええ……？」

そうなのだろうか。相手の欲望が臨戦態勢になっていなかったら、なんで自分に欲情しないのかと腹を立てるところなのか。

——知らなかった……っていうか知りたくなかった。

「つまり女性とお風呂に入れば必ずこういう状態になると……？」

マナーだというなら、相手が妃翠でなくてもこうなるということだ。複雑な心境になる。別に自分だけに欲情してほしいなどとは思っていないが。

「さあ、知らん。お前以外の女と風呂に入ったことがないし」

「え？」

咄嗟に後ろを振り返った。過去に付き合ってきた女性とはこういう触れ合いをしなかったのだろうか。

「恋人とお風呂には入らなかったの？」

「ないな。今まで甲斐甲斐しく世話を焼きたいと思ったこともない」

大雅が口角を上げた。その目が妃翠が初めてだと言っているようで、急に心臓が落ち着かなくなる。

余裕綽々の表情が憎たらしい。そしてなにより艶めいた表情が色っぽくて目の毒だ。濡れた手で前髪を上げたのだろう。毛先が濡れていて色香が増している。

「そう……、んぅッ」

ふたたび視線を戻すとキュッと胸の先端を摘まれた。指先でクリクリ弄られると次第に赤い蕾が存在を主張する。

「……うまそうだな」

大雅の声が熱っぽい。耳に吹きかけられる吐息にまで彼の濃厚なフェロモンが混じっているかのよう。

――発情しているわけじゃないのに、頭がぼんやりしてくる……。身体が熱い。

お湯の温度はぬるま湯でちょうどよかったはずだが、今は身体の奥から熱がじわじわと攻めてくる。

お腹の奥がずくりと疼いた。子宮が収縮し、大雅の熱を感じたいと切なげに訴えてくる。

――身体が作り替えられてしまったみたい……これも番になったから？

番になった後は首を噛まれたら、強制的に発情《ヒート》状態にさせられるとは聞いていた。だが先ほどはキスをされただけで噛まれたわけではない。

ならば、今は強制的な発情状態ではないのだろう。自分が望んでいることなのだとしたら、淫らな欲望が浅ましくて嫌になる。こんな自分、知らなくてよかったのに。それともこれもΩの本能なのだろうか。

――生殖に特化したバース性……性欲が強くて本能に抗えないなんて、言われている通りじゃない……。

世間の偏見だと思い込みたかったが、偏見ではないのかもしれない。少し触れられただけで蜜をこぼすはしたない身体だ。なんて愚かしいのだろう。

「はぁ……たまんねぇ。いい匂いさせやがって」

首筋のあたりの匂いを嗅がれたようだ。大雅の熱っぽい吐息が耳元に吹きかかる。

「ッ……！　大雅……これ以上は……ダメ」

「もう上《のぼ》せたか」

背後から抱きしめられていた身体をくるりと反転させられた。

熱を帯びた視線を大雅に向ける。彼の眉間に深く皺が寄った。

「そんなとろんとした顔でダメだと言っても説得力がねえぞ。クソ、このまま奥まで突き上げてやりたい」

熱杭が妃翠の蜜口を擦る。

少し動かしただけで蕩けた蜜口は彼を奥まで招き入れるだろう。

だが大雅は何度も擦り合わせるだけで、無理やり挿入をしてこない。妃翠がダメだと言った言葉を忠実に守っているようだ。

——奥まで突き上げてやりたいって言ったのに……。

無理やり挿入しようとしないのは彼の優しさなのだろうか。口は傲慢で横暴なのに、ふと見せる優しさが妃翠を混乱させる。

「ん……、挿れないの……？」

もどかしさに耐えかねて、思わず問いかける。自分から拒絶したというのに、なんで彼が無理やり押し進めないのか確認したくなった。

大雅は眉間に皺をギュッと寄せたたまま、悩ましげな吐息を漏らす。

「……ッ、ゴムがないからな」

「え、この間は生でしたのに？」

つい明け透けに訊いてしまった。

大雅の口から舌打ちが洩れる。

「あれは番になるためだろうが。いや、発情状態で暴走はしていたが……。いくらお前がピルを飲んでいるからといって、無責任に中出しするもんじゃない。子供を望んでいないならなおさら」

大雅がバツの悪そうな顔でそっぽを向いた。

ピルを飲んでいるから中出ししてもいいと考えるずるい男になりたくないと言っているのだろうか。女性側の負担を考える発言は誠実に感じられた。

――孕ませたいとか、足腰立たなくなった状態で中から零れる姿をエロいと言って、バスローブを剝がしてきた男と同一人物とは思えない……。

皇大雅という人物がよくわからなくなる。傲慢だけどたまに優しい。そしてこうした気遣いを嬉しいと思っている自分がいる。

――ゴムがあったら抱いてくれるの？　なんて私から訊くべきじゃないな……。

お腹の奥はぐずぐずと熱く疼いている。本能が大雅の欲望を感じたいと訴えているが、彼の気遣いを無駄にするべきではない。

「はぁ……んぅ……っ」

絶え間なく水音が響く。大雅が胸の蕾を口に含んで甘噛みした。

「ア……ッ」

鼻から抜けた甘い声に煽られたように、大雅もそのまま精を放ったらしい。彼の楔がふるりと震えて萎えていく。

荒い呼吸を整える間もなく、大雅が妃翠の身体を抱き上げた。少し気怠げな表情は、機嫌が悪い顔なのか欲望を解放してすっきりした顔なのか、まだ見分けがつかない。

床の上に下ろされると、すかさずバスローブを着せられた。髪の水滴を拭うタオルも頭からかぶせられる。

——甲斐甲斐しいことはしないって言ってたけど、十分甲斐甲斐しいよね？

自分のことを後回しにして妃翠の世話を焼くなんて。大雅の行動がまだよく理解できない。

彼も同じくバスローブを手早く身に着けると、ふたたび妃翠を抱き上げた。そのままリビングのソファに座らされる。

「飯食って酒でも飲んで寝るぞ。腹が膨れて酒が入れば、ごちゃごちゃ考えずに寝られるだろう」

「……そう、ね」

手早くルームサービスを頼む姿を見つめる。

少し前までショックで泣いていたのに、今は混乱の方が強い。このまま抱かれると思ったのに。避妊具があれば今夜は抱くつもりなのだろうか。

——そんなこと訊いたら、なんだか私の方が欲求不満みたいに思われる……。でも、女性の慰め方なんてわからないって言ってたのに優しくしてくれて、心は軽くなったかも。

これでお腹が満たされて、アルコールまで入れれば、確かに余計なことを考えずに今夜も眠れそうだ。

不器用な優しさがほんの少し好ましく感じられた。

❀　❀　❀

人の噂も七十五日と言うけれど、現代社会では一度立ってしまった噂が消えることは難しい。特にインターネットに流れた情報や写真を完全に消すことは不可能だ。

意識的にＳＮＳを絶ち、テレビもつけずにいられたのは二日目まで。Ω発見のネットニュースが流れてから三日目にもなると、恐怖心よりも今はどんな話題に変わっているのかという不安が強くなった。

大雅にはスマホを使うのを控えるように言われていたが、それは妃翠の心情を慮ってのことだろう。

情報収集をするなら自分も積極的にやった方がいい。きっと大雅は白鳥にしかこの状況を知らせていないはずだ。

「……一体誰がこんな噂をばらまいたのか、特定するには時間がかかるけれど……敵がどういう情報を持っているのか把握しておかなければ動きようがないわ」

目に見えない敵が多くて厄介だ。当然妃翠の写真を流した人物が敵ではあるが、一番の懸念はΩ保護管理局――通称Ω保護局の観察官たちだ。

彼らがどう出てくるのかが判断できなくて恐ろしい。彼らが妃翠を特定できないという確証はないのだから、今は下手な動きをするべきではないだろう。

――白鳥さんは、『記事は削除させられるけどすぐに削除させたら逆に信憑性が増してしまう』と言って手出しができないようだったし……。面倒だなぁ。

どうしてこんなことに、という気持ちを呑み込んでテレビのリモコンを取った。

今部屋には妃翠しかいない。大雅は夜まで戻ってこないだろう。今のうちにお昼のワイドショーを確認しよう。Ωに関してのネタがなければいい。

テレビのチャンネルを変更しながら数日ぶりにワイドショーを確認する。

するとギョッとするネタが流れてきた。

『次の気になる話題です。シンデレラガールはどこに!? 約五十年ぶりに日本国内でΩが発見されたかもしれないという噂が連日世間を騒がせていますが、新たに人気俳優の藍沢《あいざわ》竜樹《たつき》さんが、昨晩SNSにΩの女性との見合いを希望する旨の書き込みをされました。αの著名人がΩ女性との見合いを希望されるのは藍沢さんで三人目となります。……』

予想外の新情報を聞いて、妃翠は耳を疑った。

「なんですって?」

画面に目がくぎ付けになる。報道内容がさっぱり理解できない。

SNSの投稿が画面に表示されていた。そこに書かれていたのは今まで諦めていた番への憧れと、もし可能性があるのならぜひ自分も一目その女性に会ってみたいというものだった。

この俳優の前にもすでに二人、著名人のαが見合いをしたいとSNSに投稿しているらしい。有名ミュージシャン、アスリート、そして今報道されている俳優も含め、全員妃翠も知っている相手だ。

『イケメンαが三人も! これは互いに牽制をし合っているということでしょうか』

『そうですね、Ωの女性が本当にいるのかは未だに明らかにされていませんから、情報収集もしたいのでしょう。Ω保護管理局が事実確認を進めると言っていますけど、事実が明らかになるにはまだ時間がかかりそうですね』

ワイドショーのコメンテーターの言葉にひやりとする。

――保護局が事実確認を進めるって言い出してるの？　じゃあ、あの写真が私だって突き止められるのも時間の問題じゃない……！

『さて、まだあまり知られていない日本国内のΩ保護法案ですが、連日の報道で関心が高まっています。現在の法律では、国はΩの安全を保証しΩは国の保護下に入ります。毎月一定の支給額がΩとΩの家族に振り込まれるわけですが、こちらの金額は明かされていないようです』

『Ωだとわかった時点で親元から離されるわけですから、お金の問題ではないという家族もいたことでしょう。今のところ国が把握しているΩ性の国民はいないわけですが、本当にΩが見つかったのであれば、今後もΩ性が生まれてもおかしくない。そうなると日本も海外と同じく、Ωの人権について議論をする必要があります。数十年変わっていないΩに対しての法律の是非も問われるところでしょう』

まったくその通りだ。

お金の問題ではないと言ってくれたことに少しホッとする。

もし生まれた我が子がΩであったら、Ωであることを隠したいと思うだろう。離れて暮らすなど簡単に受け入れられるものではない。

「たった三日でとんでもないことになっていたわ……」

テレビのリモコンを操作してスイッチを切った。

頭の整理が追い付かない。今のはすべて悪い冗談であってほしい。

「ドッキリ？　……なわけないよね、お昼の情報番組だもん」

有名人三名のSNSを確認してみるべきか。きっと炎上しているに違いない。

先ほどから嫌な汗が止まらない。じっとりした汗が背中を伝う。

大雅には妃翠のスマホは使用するなと言われていた。そのため大雅との連絡用に新たなスマホが用意されたばかりだった。自分用のスマホは大雅に預けている。

知らない相手から電話がかかってくる可能性もあるからだ。

余計なストレスをかけるべきではないと判断してくれたのだろう。その心遣いがありがたい。

妃翠は大雅から渡されたスマホの電源を入れた。幸い同じ機種を使っているので、操作に問題はないだろう。

いつも見ているSNSのアプリをインストールしようとして、やめた。代わりに検索サイトからSNSのトレンドの上位を探す。

人気俳優の藍沢竜樹の名前を入力すると、〝Ω見合い〟〝シンデレラガール〟という関連話題まで出てきた。

「シンデレラガールって……ガールっていう年齢じゃないし……」

　呆れた溜息が零れる。

　検索トップに出てきた投稿は、やはりΩに関する批判的なものが多かった。

『Ωだったら国から毎月お金が支給されて、一生安全に暮らせて人気俳優のαたちから見合いまで求められて羨ましい』

『一生働かなくてもいい身分なんて贅沢すぎる。それなのに名乗り出てこないって何様なんだろう』

　辛口な批判をする人間が多い一方、まだ本当に見つかったわけでもないのに騒ぎ立てるマスメディアへも批判が向けられている。大騒ぎをすればするほど、シンデレラガールは現れなくなるぞといった正論もあった。

　次第に妃翠の胃の奥が重くなっていく。画面を閉じてソファに突っ伏した。

「皆好き放題言って……！　じゃあ私と代わってよ」

　αの有名人との見合いなんて冗談ではない。こちらは一度だってそんなことを望んだことはない。

　セレブな生活を送りたいとも思っていないし、国に保護を頼むのだってごめんだ。そんなことをすれば一生監視されることになるのだから。

　昔見た海外のニュースを思い出す。Ωだと判明した十代の少女が泣き叫びながら首にチョーカーを付けられていた。国が認めた以外の者と番になるのを防ぐためだ。あの光景を思い出すだけで彼女の絶望が伝わってきて、胸が苦しくなる。

ある国ではΩにマイクロチップを入れて行動を管理しているらしい。すでに導入されているその管理方法はあまりに人権を無視しているとして各国から批判が相次いでいた。だが、効率的にΩを保護するためだと主張し、未だに継続しているようだ。

恐らくGPS以外にも行動を制限するような機能がついているのだろう。

――一生働かなくて羨ましいなんて本当は思ってもいないくせに。私だって一般企業に就職して、普通に働ける生活が送りたかった。

発情《ヒート》さえなければその未来も可能だったはずだ。抑制剤はΩのフェロモンと発情を抑えるものだが、発情をなくすものではない。毎月やってくる発情を考えればどうしても普通に働くことは不可能だし、αがいない場所を選ぶというのも無理があった。会社の経営者はαが多いからだ。

心から普通の日常生活を取り戻したかった。一度経験したことのあるものが失われるのは恐ろしくてたまらない。

何故自分だけバース性が変わってしまったのか、どうして突然そのような不可思議なことが起きたのか。だが、αの百瀬院長にもわからなかったことが、妃翠にわかるはずがなかった。

――一生監禁は嫌。Ωだというだけでαとの見合いも絶対に嫌。

きっと妃翠にとって番が得られたことは運が良かった。発情しても他のαを無差別に誘惑することはないだろうから。αの理性を奪い、獣のように抱かれるリスクが消えて安堵している。

「でも、大雅を利用していることになるんだよね……」

チクリ、と胸の奥が痛んだ。

罪悪感がこみ上げてくる。

あの日妃翠と出会わなければ、彼はこんな面倒なことに巻き込まれなくて済んだのに。不本意に番を得て、結婚する羽目にもなっていなかった。

婚姻届は彼の手に渡ったままでどうなっているのかわからないが、もし夫婦になったのなら、大雅ならすぐにでも指輪を購入してきそうだ。周囲への牽制のために指輪をつけていろと命じてくる気がする。

婚姻届はまだ受理されていないはずだ。

――Ωはαの庇護下でしか生きられないってはっきりわかった気がする。弱い自分が嫌になる……。

囲われることでしか安全に生きられない存在。なんとも不自由だ。求めてやまない自由が遠い。

早く皆、シンデレラガールもΩの目撃情報も、デマだったと思ってほしい。見合いを望んでくれた三人の有名人は、もしかしたら本気で会いたいと思ってくれているのかもしれないが、目立つ彼らに会いに行ける心臓など持ち合わせていない。

——これ以上Ωの話題を広げないでほしい。他にも見合い相手が出てきたらどうしよう……ファンに刺されるんじゃないかな。

ぶるりと震えが走る。そうでなくても考えることが多いのに、過激なファンから狙われる可能性まで考えたくなかった。怖すぎてたまらない。

もしも大雅が彼らの見合い希望宣言を知ったら、目の前で怒り出すだろう。途端に不機嫌になって相手を徹底的に排除する過激な姿が目に浮かぶ。

そんなことを想像すると、少しだけ笑えてきた。妃翠が怒る以上に激怒してくれそうだ。彼は自分の懐に入れたものを取られるのが嫌な性格だろうから。

「なんだろう、わかりやすく怒ってくれる人がいるのって不思議な安心感があるわ」

傲慢で俺様だけど思いやりがある。まだ完全に信用できているわけではないが、彼は妃翠のために怒ってくれるという確信があった。

この気持ちは一体なんと呼ぶのだろうか。徐々に絆が生まれている気がする。

愛と呼ぶには遠い。恋と呼ぶにもなにか違う。

触れられることに抵抗がなくなっているのは、絆《ほだ》されているからなのだろうか。心が彼に傾いているから、心地よく感じているのだろうか。

「それとも、番だから強制的に心が惹きつけられるのかな……」

本来、運命の番同士は、一目で相手がそうだとわかり、惹きつけられるらしい。時間をかけて恋に発展する普通の男女とは違い、本能的に特別な相手だとわかるのだとか。

だが、大雅が特別かどうかを見極める前に、妃翠は大雅と番になる契約をしてしまった。発情状態になっていたため、冷静に判断することも難しかった。

きっとそれは大雅も同じだろう。Ωのフェロモンにあてられて理性を失いかけていたのだから。

――強制的な発情状態になる相手が運命の番って可能性もあるのかな……。番に関しての情報はまだ解明が進んでいないから、調べてもあまり出てこなそう。

考えることをやめて、早めに夕飯の仕込みをしてしまおう。毎食ルームサービスなどで済ませるのはそろそろ胃の負担になる。

白鳥にお願いして買ってきてもらった食材が冷蔵庫に入っているのだ。まだ時間は十五時過ぎだが、少し手の込んだ料理なら今から仕込みをしてもいいかもしれない。

「煮込み系を作ろうかな。コトコト煮込んだ野菜スープもいいよね」

胃に優しいスープなら食欲がなくても食べられるだろう。多めに作っておきたい。

手を動かしていたら余計なことを考えずに済みそうだ。

キッチンに向かい冷蔵庫を物色していると、来訪を告げるチャイムが鳴った。

「あれ？　誰だろう」

白鳥だろうか。いや、ここに来る前には連絡を入れてくれるはずだ。

大雅ならルームキーを持っている。それにこのフロアにはスイートルームの宿泊客以外は来られないはずだ。

――ホテルの人かな。

見張りの人が通した人物なら危険はない。

そう判断し、妃翠はそっと扉を開けた。

「こんにちは」

扉の外に立っていたのは、綺麗な巻き毛が美しい女性だった。意思が強そうなくっきりした眉毛に高い鼻梁、完璧に塗られた赤いルージュ。

手には洋菓子店の紙袋が提げられている。

にっこり微笑む表情は美しいが、妃翠はその美しさに潜む微かな敵愾心《てきがい》を感じ取ってしまった。

「……こんにちは」

ひとまず挨拶を返すのが礼儀だが、戸惑いが強い。

――誰だろう？

見張りの人も通す人物。いや、通さざるを得ない相手。
くっきりとした笑みを作る唇と相対的に、彼女の目の奥は笑ってはいなかった。

第四章

百瀬病院の院長、百瀬貴人は優秀なαで外科医だった。元々大きな総合病院の外科部長だったそうだが、患者とより密接に交流したいということから個人病院の院長となり、周辺住民からとてもよく頼られていた。

α特有のとっつきにくさがなく、傲慢でもない人格者。若い頃はさぞモテただろう魅力を持ち合わせており、地域の奥様方から熱い眼差しを向けられていた。

そんな彼はΩにとても詳しかった。

Ωの研究所に所属していたわけではなかったが、一般人では知り得ないΩの特性について語ってくれた。

百瀬曰く、三つあるバース性のヒエラルキーの頂点はαではないのだそうだ。

本当はΩこそがαを従えられる唯一の存在であり、αはΩの愛の奴隷に成り下がる。

そんな話を聞かされても、妃翠にはよくわからなかった。

一般的にΩは弱者だ。搾取される側で、αとΩは捕食者と被食者の関係。非力で無力な

Ωがαに打ち勝つことはできない。

――どうして先生はあんなことを言っていたんだっけ？

妃翠はホテルの部屋の前で見知らぬ女と相対していた。

強烈な美貌の女が妃翠をじろりと睨《ね》めつけてくる。

品定めにも似た視線に居心地の悪さを感じつつも、頭の片隅で昔百瀬に言われたヒエラルキーの頂点の話を思い出していた。

何故今あの会話が蘇ってきたのかわからない。敵意に似た視線から身を守ろうとして、潜在意識が働いたのだろうか。

「へえ、まさか大雅の恋人のβってお前のこと？」

――お前……って、私のこと？

初対面の女性からそんな失礼な呼び方をされたことがなくて戦慄する。

嫌な緊張が身体を走り、心臓がドクンと跳ねた。迂闊に扉を開けるべきではなかったと後悔する。

「あの、どちら様でしょうか。このフロアには、同じフロアの宿泊客以外は入れないと伺ってますが」

「あら、そんなの私が宿泊客の身内であれば関係ないわ。私、大雅の姉だもの」

「……お、お姉様ですか」

姉がいるとは聞いていない。そういえば家族の話はほとんど聞いていなかった。

――なんで急に大雅のお姉さんが来るの？　しかも絶対アポなしよね……大雅が不在と知って勝手に来たんじゃ？

もし来客があるのなら大雅が妃翠に告げないはずがない。彼も外出しなかっただろう。なんと言って追い返せばいいのかわからず呆然と立ちすくんでいる間に、大雅の姉はずかずかと我が物顔で部屋に入ってきた。

――ええ……！　いきなり……!?

「ちょっ、あの……！」

妃翠の声など無視して、彼女は室内の物色を始めた。

扉の外に待機する妃翠の見張り役……もとい護衛役も、いつになく慌てているようだ。彼らも安易に手出しができないということだろう。

――大雅の恋人かって聞いてきたってことは、やっぱり私の存在がバレた？　でも恋人って聞いてきただけっぽいわよね？

一体なにが目的なのか。妃翠はすぐに彼女の後を追う。

緩やかに波打つ髪の毛はまるでサロン帰りのように完璧だ。綺麗にセットされた髪の毛と隙のないメイク。タイトスカートから覗く美脚もすらりと伸びていて、ハイヒールがよく似合う。

そういえば彼女の名前も知らない。互いに挨拶すら済ませていなかった。

なんて呼んで引き留めればいいのだろうと考えているうちに、彼女はリビングの奥へ入っていく。

「へえ、なかなかいい部屋じゃない。眺めもいいし窓が大きいって最高。……って、この部屋バスルームが丸見えなの？　わざわざそういうコンセプトの部屋を選ぶなんて趣味がいいんだか悪いんだか」

「あの……」

大きな独り言を呟きながら彼女はぐるりと部屋を見回している。

無遠慮な視線が不愉快だ。白鳥が訪れたときは感じなかった不快感がこみ上げてくる。同じくらい恐怖心も。

――……人の話を聞かない人って困る。どうしよう……大雅に連絡するべき？

だが彼女に見つからないように連絡するのは難しい。一体どのような人物なのかがわからないため、下手な行動を取るべきではないかもしれない。逆上される可能性もありそうだ。

大雅の姉なら家系的に間違いなく彼女もαだろう。きつい顔立ちや自信に溢れた行動から、α特有の性質も伝わってくる。

妃翠はαの傲慢さが苦手だ。他者を平然と見下す視線が怖い。こちらが悪くなくても、つい謝罪してしまいそうになるのだ。

妃翠は勇気を振り絞って、もう一度彼女に声をかけた。

「勝手に部屋に入られるのは困ります……！」

「ふぅん、私に意見を言うなんていい度胸してるわね。別に嫌いじゃないわよ、そんな身の程知らずのβも」

――身の程知らずって……。

ドラマの中でしか聞いたことがない台詞だ。

彼女がブラコンなのかはわからないが、大雅の恋人が気に食わないとなるとこれ以上の罵倒も飛んでくるだろう。

彼女は言葉の端々からにじみ出る敵意を隠さない。その視線からα至上主義者なのだと伝わってくる。

α至上主義者とは、この世界を回しているのはαで、α以外は働きアリだという過激な思想を持つαのことだ。稀にβもこの思想を持ち、まるで信者のようにαを崇拝しているらしい。

この過激な思想は海外ではたびたび事件に発展することもあるが、日本ではそれほど問題視されていなかった。

「あの、大雅さんはあいにく留守にしているので、彼に用事があるなら別の日にお願いします」

「別に大雅に会いに来たわけじゃないわ。あの子が囲っているβがどんな相手か確認しに来ただけだもの。ずっとホテルに入り浸っているなんておかしいと思っていたのよね。恋人ができたんだってすぐにわかったわ」

にっこり笑った顔は麗しいが、同時に毒々しい。

間違いなく大輪の花にたとえられるだけの美貌があるのに、妃翠には毒花のように映っていた。

——怖い……成人している弟の行動を監視しているってこと？

恐らく本人ではなく、人を使っているのだろうが、それにしても常軌《じょうき》を逸している。たかが数日ホテル暮らしをしているだけで恋人ができたとまで飛躍する思考回路に背筋がひやりとした。

妃翠に兄弟はいないが、家族を心配する気持ちは理解できる。けれど、彼女は三十を過ぎた弟を心配しているだけには見えない。

——大雅は自分のお姉さんに執着されているってこと？　それを知らないはずはないわよね……。

ますます彼女と二人きりで会うのはまずいのではないか。いつなにが逆鱗《げきりん》に触れるかわからない。可能な限り穏便にすませたい。

「それで？　お前は一体どうやって大雅に取り入ったのかしら。見たところ凡庸《ぼんよう》なβにしか見えないけれど。こんなふうにホテルに囲われる理由は一体なあに？」

彼女は窓に背を向けて腕を組みながら妃翠に問いかけてきた。

微笑んでいるように見えるが、その目は一切笑っていない。

――大丈夫、落ち着いて……私がΩであることはバレていないわ。

何度もβと呼ばれているのだから、大雅が囲っている女がΩだとは気づかれていない。

もしかしたら報道関係者かと思ったが、そうでないならよかった。大雅の姉が記者と繋がっていないとも限らないけれど。

――恋人……ではないけれど、番なんて絶対に言えないし。お互いに恋愛感情もなくて利害が一致しただけの関係……。

胸の奥がチクリと痛む。堂々と恋人だと言えたらよかったなどと、一瞬でも思ってしまった。

――動揺を見せたら怪しまれる。冷静にならないと。

本当のことを話すわけにはいかない。彼女の名前すら知らないのだから、こちらも余計な情報を与えたくはない。

「……私に尋ねるより、直接弟さんに確認されたらいいのではないですか？」

「へぇ、お前この私に口答えをするの？」

質問に答えなかったことに腹を立てたらしい。彼女の眼差しが怜悧《れいり》な刃物のように鋭くなった。

「皇の関係者から、大雅が婚姻届を出そうとしたらしいという話が入ってきたのよ。極秘にね。しかも相手がαですらないβと聞いて、耳を疑ったわ。この国のαを統率する名家に生まれた者が、一般人のβとの結婚が許されるはずがないもの」

――やっぱり……家柄的にそう簡単じゃないと思っていたもの。なにかトラブルが起こって婚姻届が出せなかったんだわ。

詳しい理由まではわからないが、妃翠と大雅はまだ夫婦ではない。

もしかしたら国の頂点に君臨するαの名家は、簡単に婚姻届が受理されないようになっているのかもしれない。

一般人とは異なる書類が必要だと言われても納得できてしまう。

「だから大雅を誑《たぶら》かすβの存在は邪魔なの。あの子、何故お前を選んだのかしら……その気の弱さ？　庇護欲を誘うような真似でもしたの？　か弱い女のふりをして男の懐に入り込むなんて、最低な女ね」

「……っ」

隠しもしない敵意が妃翠の心を抉ってくる。

誑かしたつもりはないし、か弱い女のふりをして彼に取り入ったつもりもない。

だが、少しだけ大雅の優しさに甘えてしまった。彼の胸で泣かせてもらったのは事実だ。

その一瞬の怯みを見逃すほど、大雅の姉は甘くはなかった。

徹底的に潰してやろうという気迫に襲われる。足が竦《すく》んで動けない。

「一時でも皇の一員になれると思った？　残念、身の程知らずはさっさと荷物をまとめて去りなさい！」

痛めつけてやろうという悪意が恐ろしい。

だが、彼女の手が妃翠に触れそうになる瞬間、妃翠は声を絞り出して叫んだ。

「……っ、触らないで！」

「――ッ！」

妃翠の首に向かって伸びていた手がぴたりと止まった。彼女から放たれる殺意に似た感情がわずかに霧散する。

その一瞬の隙に妃翠はすぐに距離を取った。外に繋がる扉の方へ移動する。

寝室に閉じこもれたらいいが、スマホやパソコンなど個人情報が割り出せるものをリビングに置いたまま離れたくない。

「なに……？」

彼女は綺麗な顔を怪訝そうに顰めている。

動きを止めた手を見つめて首を傾げていたが、すぐに逃げられるように出口の方へ移動した妃翠を見て忌々しそうに舌打ちをした。その苛立った表情は少しだけ大雅に似ていた。

——もしかして、私が今命じたから動きを止めた……？　先生が言っていたことは嘘ではなかったの？

αはΩの命令には逆らえない。本気で命じた言葉には従ってしまうらしい。

もしそうだとすると、まずい状況ではないか。もし彼女が不審を抱いて妃翠を徹底的に調べ上げたら、Ωだとバレてしまうかもしれない。

——どうしよう……！

全身冷や汗が止まらない。

ロングのフレアスカートの中では脚が震えていた。

「お前……」

「っ！」

逃げても反論しても逆上される。理不尽な状況に胃の奥がギュッと締め付けられてキリキリ痛み出した。その直後、背後の扉が開いた。

すぐさま、目の前に大きな背中が現れ、彼女の憎悪の混じった視線が遮られる。

——あ……、大雅……！

前髪が乱れている。ここまで走ってきただろうことがわかる姿に何故だか嬉しさがこみ上げた。

彼はそのまま背後にいる妃翠にそっと声をかける。

「大丈夫か」

その一言を聞いただけで、妃翠の身体から強張りが解けてきた。返事の代わりに妃翠は大雅の背中にそっと身を寄せた。　彼の背中が汗で濡れていることに気づく。

——急いで駆けつけてくれたんだ……外にいる人たちが連絡してくれたのかも……。

「麗佳《れいか》、何故お前がここにいる？　勝手に人の部屋に入るなんてマナー違反にもほどがある。今すぐ帰れ」

大雅が呼んだことで初めて彼女の名前を知った。

——レイカさんって言うんだ……。

結局彼女は自分で名乗らなかった。下々の人間には名前を教える義務もないということか。

「大雅こそ、どういうつもりなのかしら。βを囲うなんて正気？　まさか本当に結婚するつもりじゃないでしょうね」

「もう嫁いだお前には関係ないだろう。皇のことに口を出すな、不愉快だ」

——ご結婚されているんだ……。

若々しい美貌を持っているが、大雅の姉ということは三十代半ばくらいか。

それよりも、ピリピリした空気が重苦しい。知らず呼吸を止めてしまう。

「ひどいわ、大雅。たったひとりの可愛い弟だもの、どこの馬の骨ともわからない女に誑かされたとあれば、姉である私が追い払うのは当然でしょう？」

「ふざけんな、誰にもそんなこと頼んでねえんだよ。それと俺の周囲に探りを入れるのもやめろ、目障りだ。いい加減訴えるぞ」

「あら素敵、私の弟愛を法廷で証明できるなんて。世間にもいい話題が提供できるわね」

——強い……。

実の姉に訴訟を起こすと脅す大雅も十分苛烈な性格をしているが、法廷で争うことすら娯楽ととらえるような姉はやはり常軌を逸しているようだ。

平凡な自分がこの二人の争いに巻き込まれたらただでは済まないだろう。妃翠は声を抑えて存在を消そうとする。

大雅が盛大に舌打ちをした。麗佳に思うところがあるらしい。

「まあいいわ、今日のところは帰ってあげる。久しぶりに可愛い弟の顔が見られただけでも良しとするわ。でも、私はその女との結婚は認めないわよ」

「お前に認めてもらおうなんて思っちゃいねえんだよ。自惚《うぬぼ》れるなよ」

「ひどい弟だこと」

麗佳が笑い出す。

妃翠は今の会話のどこに笑う要素があったのかさっぱりわからない。

――α同士の会話が怖い。

大雅は妃翠の手首を握り、数歩離れた寝室の扉を開けて中に入れた。すぐに扉が閉められる。

「え」

――あ、これ以上レイカさんの視線に晒されないようにしてくれた？

二人の会話が途切れ途切れで聞こえるが、すぐに足音が遠ざかっていった。部屋の入口の扉が閉まる音が響いた直後、寝室の扉が開かれる。

「妃翠」

すまなそうに大雅が名前を呼んだ。

「あ……レイカさん、は」

「追い払った」

実の姉に言う台詞ではないが、嵐《あらし》が通過したのだと思うと急に妃翠の身体から力が抜けた。

「そう……」

脱力してそのまま床に座り込んでしまう。ずっと気が張っていた状態だったのだと気づいた。

「……悪かった。まさか麗佳が乗り込んでくるなんて思ってもいなかった。お前を危険に晒したのは俺の読みの甘さのせいだ」

大雅が膝をついて妃翠を抱きしめる。彼の香りが鼻腔を擽《くすぐ》り、不思議と安堵感が広がった。

——同じαなのに全然違う……大雅は恐ろしくない。

自分の責任だと謝ることができる人間は素直に好ましいと思う。

予測不可能なことだったのだから、自分は悪くないと言い張ることもできたのに。

言い訳もせずこうして駆けつけてくれただけで、妃翠の中に言いようのない感情がこみ上げてくる。

——抱きしめてくれる腕が心地いいなんて、いつから思うようになったんだろう。

こうして寄り添ってくれる人がいる安心感は、孤独に生きてきた妃翠がずっと欲しかったものだ。

抱きしめ返したい。

自然と湧き上がった衝動のまま、妃翠は大雅の背中に腕を回した。

彼の身体がわずかに震えたと思った直後、すぐに強く抱きしめ返された。そのまま身体を横向きに抱き上げられる。

「ひゃ……っ」

寝室の床に座ったままでは寛げないと思ったのだろう。大雅は誰もいないリビングに移動して、妃翠を横抱きにしたままソファに座った。

「あの、ひとりで座れ……」

「このままでいいだろう」

かぶせ気味に断られた。腰に回った腕は解けそうにない。

服越しに彼の体温が伝わってくる。その温かさが心地よくて、妃翠の心を落ち着かせてくれた。

もう少しだけ、彼に自分の心を預けてもいいかもしれない。

心の距離が近づいた証のように、妃翠は自分から大雅に身体を寄せる。

ふと、ソファのすぐ近くに置きっぱなしになっている紙袋に目が吸い寄せられた。有名なパティスリーの袋は麗佳が持ってきていたものだ。

大雅もすぐに妃翠の視線に気づくと、「麗佳が置いていったな」と呟いた。

「なにも聞いてないけど、大雅への手土産とか……？」

「ご機嫌取りのためだけに手土産を持ってくるとは思えない。絶対に食うなよ、なにが混ざっているか……さっさと捨てたいがホテルで処分するとなると厄介だな。ゴミは一定期間処分されんからな」

――そうなの？

客室から出たゴミがどうやって処分されるのか、考えたこともなかった。あれこれ点検される可能性を考えると、迂闊に変なものを捨てるべきではない。

「面倒だが、白鳥に押し付けるか。わかりやすい盗聴器なんかはつけていないだろうが」

あらゆる疑いを持たなければいけない相手が自分の姉弟にいるなんて、一体どんな心境なのだろうか。妃翠の身体が震えそうになる。

「……あの女になにをされたか言えるか？」

密着したまま大雅に問いかけられた。

麗佳は妃翠に危害を加えていない。部屋に押し入られて、大雅の恋人だと勘違いをされたことを告げると、彼は嫌そうに表情を崩した。

「でも誤解を解くこともできなくて、大雅に確認してって押し付けちゃった。ごめんなさい」

「いや、それでいい。が、勘違いってお前の口から言われるのは……クソ、なんかムカつくな」

「ええ……？」

——でも番だなんて言えないし……恋人とは違うし。

それとも彼は妃翠と恋人同士のつもりだったのだろうか？

思わず大雅の顔をまじまじと見つめてしまう。いつ見ても顔がいい。

「やっぱりレイカさんと顔立ちが似てるよね。血縁者なんだろうなってすぐにわかったわ」

「やめろ、俺はああいう女王様気質の女が大嫌いなんだ」

「……」

同族嫌悪だろうか？　という感想は呑み込んだ。

――でも相性悪そうだったな……同じ家族でも大雅とレイカさんは全然違うし。大雅はα至上主義には思えないもの。

それにしても麗佳の弟可愛さが行き過ぎていて鳥肌が立つ。

行動を監視しているという発言が恐ろしい。気持ち悪いと思ったのは妃翠だけではないだろう。

「少しは落ち着いたか」

妃翠の背中を撫でながら大雅が問いかけた。

「うん、もう大丈夫。あの、来てくれてありがとう」

「……当然だろう」

ふいっと大雅が視線を逸らす。彼らしくない反応だが、どうやら照れているらしい。

――お礼を言われて照れるって……。

可愛らしい反応だ。口元が綻びそうになる。

しかしそのとき、お尻に当たる硬いものに気づいてしまった。これは気づかないふりがいいのだろうか。

――いつの間に……というかいつからだろう。

抱きしめているうちに欲情してしまったのだろうか。そういえば以前、大雅は妃翠の匂いだけで欲情すると言っていた。

「大雅、あの……」

男性は一度こうなってしまったら、出さないと辛いらしい。ならば駆けつけてくれたお礼も兼ねて、なにか手伝うべきだろうかという気持ちがこみ上げてきた。

大雅は妃翠の視線の意味を読み取ると、身体を離すことなく呟く。

「仕方ないだろう、お前に触れているんだから自然とこうなる」

「……っ、それは喜んでいいことなの？」

「当たり前だ。女なら誰にでも欲情するわけじゃないからな」

そんなことを堂々と言える性格は好ましい。

「だがいくら俺でもそろそろ我慢の限界だ」

「え？」

「今すぐ荷物をまとめて移動するぞ。どうせずっとここにいるわけにはいかなかったからな。いつ移動するべきかと思っていたが、ちょうどいい機会だ。さっさと動くか」

「ええっ」

大した荷物はないためすぐに私物はまとめられるが、どこに行くのだろう。それに我慢の限界と言われてもどう反応したらいいのかわからない。

「今は我慢するが、移動したら抱かせろ」

「……ッ！」

真正面から大雅の視線に射貫かれる。彼の柘榴色の瞳の奥には隠しきれない焔《ほのお》が揺れていた。

嫌ではない。身の内に彼の体温を感じられたら、きっとぐずぐずに溶けてしまうだろう。それこそ大雅に依存してしまうほどに妃翠から求めてしまうかもしれない。

——どうしよう、想像しただけでお腹の奥が熱くなってきた……。

自分の淫らな欲求が無視できない。抱きたいのだと求められただけで、胸の奥がドキドキと高鳴っている。

「……はい」

気恥ずかしさを押し殺して、妃翠は小さく返事をした。顔が火照って耳まで熱い。

ちらりと大雅を窺う。彼は、今まで見たことがないほど嬉しそうな笑みを浮かべていた。

——不意打ちの笑顔は禁止……！

心臓がひと際大きく跳ねた。胸の奥がざわざわと落ち着かない。

「約束忘れんなよ。それと妃翠、これから監禁される覚悟はあるな？」

「……はい？」

今も似たような状況だが、改めて監禁と言われると戸惑ってしまう。

間抜けな声で返事をしたが、大雅の表情はいたって真面目だった。

❀　❀　❀

大雅が滞在するホテルを出てから、麗佳は待たせていた車に乗り込んだ。

車が発車したと同時に、ハンドバッグからスマホを取り出すと、見慣れた番号に電話をかける。

「……ええ、見つけたわよ。あなたの女王様」

スマホに送られてきた画像を忌々しげに見つめながら、麗佳は通話の相手に報告する。

「あんな平凡な女が、一体どうしてあなたや大雅の目に留まったのか知りたいところだけど。私の大雅から引き離してくれるならどうでもいいわ。さっさと連れてってちょうだい」

要件だけ告げて通話を切る。

自分のスマホに最愛の弟が執心している女の写真を保存しておきたくなくて、麗佳は画像をすぐに消去した。

第五章

仕事の合間を縫って情報収集に励んでいた大雅を嘲笑うように、ＳＮＳが荒れた。Ω発見の情報が拡散し、妃翠の隠し撮り写真までがネットに流れてしまった。

そのショックで、ひとりで身体を震わせて泣いていた妃翠を見て、今までにないほど心がざわついた。胃をギュッと摑まれたような息苦しさと痛ましさに、自然と妃翠を抱きしめていた。

泣くなら自分の胸の中で泣けばいいのに。強がって人前で泣くことができなかったのかと思うと、どうしようもない愛おしさが湧き上がり……恋心を自覚した。

泣き顔がそそられる。涙に濡れた黒い双眸を舐めたくなった。頭のてっぺんからつま先まですべて自分のものにしたい。薄くなった首の噛み痕をふたたび濃くして、何度も妃翠の身体に番の証を刻みたい。

恋と呼ぶには生々しく、愛と呼ぶにはどす黒い。

妃翠の香りを嗅ぐだけで酔いしれそうになる。彼女を泣かせるのは自分だけでいい。自分以外のことで泣くなど許しがたい。

番になる前から本能的に察していた運命の相手。

心の渇きを潤わせる唯一の存在が彼女であるのだと実感してから、大雅は決意した。どこにも逃げられない、彼女のための居心地のいい檻を作ろうと。

SNSで拡散された写真と情報を調べながら白鳥に告げる。

「俺はどうやら執念深くて嫉妬深いらしい」

「はい？　忙しすぎて頭がどうかされましたか？」

「妃翠を泣かせた奴らは全員社会的に抹殺するとして、妃翠を誰にも見つからない場所に閉じ込めるぞ」

「……堂々と監禁発言をしないでいただけますか。さすがに怖いです」

白鳥の怯えを聞き流す。一体なにを想像したのかは訊かないでおいた。

「俺は今まで宝物は積極的に見せびらかしたいと思っていた。見られることで価値が上がるからな」

「ああ、絵画とか宝石とかですかね？　……確かに大雅様ならそう思われそうですね」

人に見せて羨ましがられることで価値も上がるだろうと思って疑わなかった。だが、それはあくまで物に対してだけ。

「どうやら俺は、本当の宝物は誰にも見つからない場所に閉じ込めてしまいたい性質らしい。許可なく俺以外が触れられない場所に隠してしまえば、誰にも傷つけることができないだろう」

白鳥の笑顔が硬直した。「やっぱり監禁じゃないですか……」と小さく呟いている。

自分でも知らない一面に気づかされたが、大雅は愉快で仕方ない。なにかが吹っ切れたような気にさえなってくる。

閉じ込めてしまえばいい。妃翠は元々ひとりで死に場所を探すほど、誰にも頼れず孤独に生きてきた。自分にだけ依存させて、安心して眠れる場所を与えたら、彼女は望んで大雅の傍から離れないだろう。

――依存か、いい言葉だ。

SNSでのΩの中傷や妃翠の写真は、腸《はらわた》が煮えくり返りそうなほど腹立たしいが、同時に今は彼女を自分に依存させられる絶好の機会だとも思う。

大雅だけが妃翠の味方になれる。なにせ唯一の番で、彼女の秘密を守る者なのだから。

彼女の黒曜石のような目が自分にだけ向けられるのを想像して、大雅は愉悦を感じていた。

それから数日後、麗佳が突撃してきたことで大雅たちは移動を余儀なくされた。

身内から見ても麗佳は強烈な性格をしている。妃翠が怯えてしまうのも仕方ないほどに。

そんな経験をすれば妃翠は無意識に大雅に縋るようになる。予定を狂わされたことや彼女を怖がらせたことには苛立ちしかないが、同時に悪くない展開だとも思っていた。

――さて、口の堅いじいさんが麗佳に情報を渡すとは思えないしな。俺があの女を嫌っていることも知っているし。

滞在先のホテルに乗り込んできた厄介な姉。彼女の背後には一体誰がいるのだろう。

ホテルから一歩も出ていないのに、妃翠の存在が麗佳にバレたのはどういうことだ。同じフロアのラウンジにしか大雅は妃翠を出歩かせていない。

大雅がホテルに滞在していることは隠しきれるものではないが、ホテルに数日滞在することは珍しくないため、今まで麗佳が乗り込んできたことはなかった。

Ωの報道が出ている中で麗佳がやってきたというのがどうにも引っかかる。あまりにもタイミングが良すぎる。

――誰が背後にいる？　まさか百瀬隼翔か？

あり得ない話ではない気がしてきた。

妃翠に直接確認はしていないが、百瀬隼翔のことを彼女は知っているはずだ。あの男は妃翠が通院していた病院の院長の息子なのだから、面識があってもおかしくはない。

百瀬院長は半年ほど前に突然死しているが、息子が病院を継いでいる様子はない。大手の製薬会社の研究所に勤務しており、病院経営には携わっていないようだ。

妃翠に告げずに、彼女の婚姻に異議申し立てをした理由を考えると、腹の底から黒いなにかが湧き上がってくる。

妃翠が百瀬病院に通院し、院長経由で発情抑制剤を入手していたのであれば、隼翔も彼女のバース性がΩであることに気づいていたはずだ。父親である院長がうっかり、という可能性もゼロではないのだから。

――それで百瀬隼翔もαだということか……俺が妃翠との婚姻届を提出しようとしたことは、市役所経由で連絡が行っているはずだ。となると、相手が俺だということもバレているな。

隼翔は大雅の滞在先に妃翠がいるのかを確認したかったはずだ。そこで麗佳に情報を渡した。大事な弟がβの女性に誑かされているようだとでも言って。

――ああ、考えれば考えるほど納得がいく。麗佳の交友関係なんざまったく興味がなかったのが仇《あだ》になったか。胸糞悪くても厄介な人間が周囲にいないか把握するべきだったな。

隼翔が麗佳のただの知人だとも思えない。あの女は女王蜂《じょうおうばち》のような女だ。

α至上主義者であり、自分が絶対的な女王だと信じている。彼女に群がる男は全員働き蜂くらいにしか考えていない。

皇の分家にあたる家に嫁がせたが、夫となったαの男は麗佳を満足させられていないらしい。αにしては珍しく人当たりのいい年上の男だから、その包容力で我がままな麗佳を窘《たしな》めることができるかと期待していたが、今のところ野放しにしているようだ。嫁いで数年が経過したが、麗佳たちにまだ子供がいない理由もそこにありそうだ。

なにせ麗佳は人妻でありながら、優秀なαの遺伝子を持つ男の子供しか欲しくないと言っている。夫以外に優秀なαの男を見つけたら、そちらの男の遺伝子が欲しいそうだ。

もしαの重婚が合法化されれば、麗佳はすぐに複数の夫を持つだろう。

大雅は麗佳と血の繋がった姉弟であることを疎ましく思いつつも、姉弟だからこそ麗佳の毒牙にかからずに済んでいる。もしも近親婚が合法化されれば、真っ先に麗佳は実の弟を狙っただろうから。

気持ち悪い想像をして、大雅は思いっきり顔を顰めた。あの猫なで声を聞くだけで吐き気がこみ上げてくる。

——百瀬隼翔が麗佳の働き蜂とは思えないが……利害が一致した協力者ってところか。そうなると、麗佳は妃翠の顔を知っていて確かめに来た……？

妃翠に聞いたところ、麗佳は妃翠のことをβだと思っていたらしい。Ωであると知っていれば、彼女はもっと激昂したはずだ。ならば隼翔は妃翠の正体まではバラしていないと考えられる。

——ああ、クソッ！　次から次に妃翠に群がる蟻《あり》が湧いてくる。

ＳＮＳで好き勝手騒ぐ奴らにも、大雅の番を狙うαにも、苛立ちが最高潮に達していた。血管がブチ切れそうだ。

だが、現状を知ってショックを受けているのは妃翠の方だ。

彼女は気丈に見えて繊細で、寂しがり屋だ。甘え方がわからない孤独な野良猫と同じである。

ようやく彼女の方からすり寄ってくれるようになったのだ。迂闊なことをして彼女の信頼を失いたくはない。そして大雅だけが自分の味方なのだと思ってもらえるように、もっと頼られる存在になりたい。

この状況を最大限利用して妃翠を自分に依存させればいい。

彼女を守れるのは大雅だけなのだと自覚させて、弱った心の隙をつけば彼女との信頼関係がグッと深まるだろう。

不本意な状況は腹立たしいが、妃翠が弱さを見せられる状況に大雅はひとりほくそ笑む。

他のαはいらない。彼女の唯一の存在は自分だけでいい。

――夫のポジションも他の男に渡すものか。

妃翠の目に映る男は自分だけでいいのだ。他人の視線に晒される必要はない。

「……移動する準備はできたか」

「ええ、一応。あ、私の車は……」

「それはこっちで動かしておく」

妃翠はマスクとサングラスで顔を隠している。だが彼女から漂う芳香は隠しきれるものではない。

――これがαを誘惑する香りなのか、番を誘惑するものなのかはわからん。俺だけが感じ取れるなら問題はないが……。

大雅は妃翠用にと購入していた夏用の帽子を頭にかぶせる。サングラス越しに上目遣いで見上げてくる視線にグッと来た。妃翠のフェロモンを嗅いで、可愛らしい仕草をされたらすぐさま股間に熱が集まりそうになる。

だが、今夜の楽しみを今失くすつもりはない。

我慢と忍耐、と言い聞かせながら少ない荷物を妃翠の手から奪って、彼女の細い手首を握る。

「……行くぞ」

「え、もう？　どこに」

その質問には答えずに、大雅は周囲を警戒しながら妃翠とともにエレベーターに乗り込んだ。

❀　❀　❀

——てっきりもっと遠くへ逃げるんだと思ってた。

車に乗って十分ほどで別のホテルに到着した。

近距離の移動を意外に思っていると、大雅は妃翠の荷物を持ちながら静かに告げる。

「普通、こんなに近場に移動するなんて思わないだろう」

「なるほど……」

確かに、遠くに行ったと考える人の方が多そうだ。

地下駐車場から人目につきにくいエレベーターに乗り、スイートルーム専用のフロアに到着する。お忍びで宿泊するセレブのような気持ちになってきた。

——まさかこんな短期間でスイートルームのはしごをするなんて……もしかして専用のラウンジがある部屋はエグゼクティブなんたら、とかだったりするのかな。こんな贅沢な経験、自分ひとりじゃ絶対にできないわ……。

滞在していた部屋のグレードはよくわからないが、一泊十万円以上はしそうな部屋だった。総額いくらかかったのか大雅に確認するのも恐ろしい。庶民的な妃翠にとってホテル暮らしはなかなか慣れそうにない。

案内された部屋に荷物を運び入れると、ようやくほっとした。独立したリビングルームからの展望は素晴らしい。家具はシックな色合いで、部屋のインテリアはところどころ和モダンテイストを感じさせる。

隣室のベッドルームには中央にキングサイズのベッド。壁一面に広がる大きな窓が特徴的だ。天気がよければ富士山が見えるかもしれない。夜景を見ながら眠れるという仕様だろうか。

「まああだな」

室内を確認した大雅から王様発言が飛び出した。

この広さと豪華さをまあまあと言える感性を妃翠は持ち合わせていない。

「十分すぎるわ……私はもっと狭くて普通の部屋でいいんだけど」

「ずっと部屋に閉じこもるんだぞ。狭いとストレスだろう」

大雅が首をひねる。ナチュラルに養われてきた感性なのだろう。

――広すぎて落ち着かない人間もいるんだけど、理解してもらえなそうだわ。

きっと大雅にとっては日常のことなのだろうが、妃翠のために取ってくれたのだと思う

と散財させたことが申し訳なくなる。割り切るには時間がかかりそうだ。

「簡単に足がつかないように別の名義で部屋を取った。麗佳にもバレないだろう」

大雅に手を取られてソファに座らされる。

「なにか飲むか？　ああ、シャンパンが冷えてるな」

妃翠が答える前に彼は手際よくシャンパンボトルを開けて、グラスに注いでいた。ちょ

うど喉が渇いていたのでありがたく頂戴する。

——たった数時間で環境が目まぐるしく変化するのね……。

早めに夕飯の支度をしようとしていたことを思い出す。冷蔵庫に入れたままの食材はどうなるのだろうか。

この部屋にはキッチンがない。またしばらくルームサービスになってしまうだろう。

「それはよかった。そろそろ十八時だが、飯か風呂か……どうしたい？」

「冷たくておいしい……」

「え？　じゃあお風呂……」

まだお腹は減っていない。つい汗を流すことを優先してしまったが、もしや大雅も一緒に入るわけでは……。

「わかった、お湯を溜めてくる」

バスルームに消えた背中を見て、声をかけそびれてしまった。

急に心臓がそわそわと落ち着かなくなってくる。

——そういえば私、移動したら抱かせろって言われなかった？　それに頷いてしまったような……！

じわじわと顔に熱が集まってくる。

何度も一緒に湯に浸かっているが、無理やり身体を重ねられてはいない。番になった夜以来最後まで手を出されていない。

――どうしよう、恥ずかしいだけで嫌じゃないなんて……。

むしろ彼に触れてもらうのを期待している。

仕事も忙しいはずなのに妃翠といる時間を作ってくれて、来てほしいときに現れて傍にいてくれる。仕事以外に妃翠関係のことで奔走してくれていることに申し訳なさと同じくらい感謝がこみ上げてくる。

番になって結婚してもいいと彼に言ったときは打算が大きかったが、今は大雅が近くにいてくれて、説明できないほどの安心感を抱いている。心が彼に傾いているのを実感していた。

――いつの間に……私、簡単に人を好きになったりしないって思ってたけど、実は惚れやすかったの？

Ωになった後は、意識的に恋をしないと決めていたが、Ωになる前だって惚れやすかった記憶はない。憧れの先輩がいた程度だ。

「妃翠？　そんなとこに突っ立ってどうした。具合でも悪いのか？」

大雅がバスルームから戻ってくる。彼の心配する声を聞いただけで、妃翠の胸がドクンと弾んだ。

他の人に会うのは怖い。でも大雅は怖くない。

自然と心が惹かれていく。身体も、彼の熱を感じたいと強く欲してしまう。

——……抱き着きたい。

抱きしめてほしい。

その気持ちに突き動かされるように、妃翠は大雅を正面から抱きしめていた。

「……妃翠っ」

大雅は虚を衝《つ》かれたように硬直している。いつも堂々としているのに、動揺が伝わってきて少しおかしい。

——なんだろう、この安心感……大きくて温かくて逞しい。大雅の香りは何故かほっとさせてくれるみたい。

彼が香水を使っているところは見たことがない。ならばこの香りは彼自身の体臭だろうか。

背中に大雅の腕が回った。

彼は一度ギュッと妃翠を抱きしめてから頭のてっぺんにキスを落とす。

「お前から抱きしめてくるのは気分がいいが、そろそろ湯が溜まる」

「……うん」

腰を押されて浴室に入る。大人二人が余裕で入れる浴槽の後ろには大きな窓があり、夜景を見下ろしながら寛ぐことができる仕様だ。

シャワーブースと浴槽が分かれているのは、スイートルームでは一般的なのだろうか。ガラス張りのシャワーブースを眺める。ここもオーバーヘッドシャワー付きらしい。

お湯を止めた大雅がシャツを脱いだ。適度に筋肉のついた肉体が目に入り、妃翠はそっと視線を逸らす。

そわそわ落ち着かない気持ちと、彼に触れたい気持ちが混ざり合っていた。先ほどのように抱きしめてほしいと思うのは、ただ人肌が恋しいだけではなさそうだ。

——緊張の糸が切れたみたい……目まぐるしく変化する環境に疲れて癒やされたいと思っているのかな。

甘えたいのに完全には甘えてはいけない。頭のどこかでブレーキをかけている。

彼がここまで妃翠の面倒をみてくれるのは番だからだ。妃翠だからではないのだと思うと、お腹の奥から冷たいものがせり上がってくる。

「なんだ、脱がないなら脱がすぞ」

「……え？　あっ」

考え事をしたまま突っ立っていたら大雅に服を剝かれてしまった。あっという間に下着姿になっている。ブラジャーのホックを外され、腰を撫でるような手つきでショーツを下げられた。

「……っ！　手際よすぎ……！」

「そうか」

いつもの少し意地悪な顔で大雅が笑う。どことなく悪戯好きな少年の面影を残した笑顔が妃翠の胸を刺激した。

――うう……、不意打ちの笑顔が胸に痛い……。

あっという間に全裸になると、大雅は妃翠の腰を引いて湯に浸かる。

広い浴槽なのだからと彼と離れようとするも、すぐに腕を取られて背中から抱きしめられた。

「なんで離れるんだ。さっきはお前から抱き着いてきたのに」

「だ、だって……裸のまま抱き着くのはまだ慣れないし……」

「もう何度も一緒に風呂に入ってるのにまだ慣れないのか。慣れるために今、裸のまま俺に抱き着くか？」

「ハードルが高い！」

妃翠は慌てて拒否するが、身体を反転させられる。向き合った状態で大雅が腕を広げた。

「ほら」

このまま胸に飛び込めと言っているらしい。

――すごく楽しそうな顔をしてる……！

からかい半分、好奇心も入っているようだ。残りはなんだろうか。

意地を張って微妙な空気になるよりは、心の赴くままに飛び込んでみてもいいかもしれない。妃翠はギュッと目を瞑り、大雅の首に腕を回した。

「なんで目を閉じてんだよ」

彼の美声が鼓膜を擽る。喉奥で笑う声も耳に心地いい。

——くすぐったい……恥ずかしいのに、離れがたい……。

腰に回った腕が逞しい。素肌で感じる体温も鼓動も、何故か泣きたいほど安堵させられる。

誰でもいいわけではない。こうして抱き着く相手は彼がいい。

「……今日は疲れただろう。悪かったな、麗佳が引っ掻き回して」

「うん……悪意をぶつけられるのは純粋に怖い……」

SNSで顔が見えない相手から暴言を吐かれるのも傷つくが、真正面から蔑んだ視線を向けられるのも堪える。勝手に乗り込んできて敵意を向けられるなんて警察を呼んでもおかしくない状況だったが、麗佳と対面したまま警察を呼ぶことは不可能だった。

それに上級αに警察がどこまで対応してくれるのかもわからない。

「もう二度と麗佳は近寄らせないし二人きりにはさせない。悪意に晒される状況も作らないし、妃翠の存在も隠すと約束する。だから怖がらなくていい」

「……うん、ありがとう」

　心の奥にずっと万年雪のように堆積《たいせき》していた孤独と恐怖心が少しずつ削れていく。まだ完全には消えないが、いつか大雅のエネルギーで溶かしてほしい。

　――けれど、大雅がよくしてくれるのは私が番だからという責任感からなのかもしれない。こんな面倒なことに巻き込んで、本当は迷惑がっているのかも……。

　妃翠の不安に気づいたのだろう。大雅がそっと妃翠の顔を覗いてくる。

「なにか気になってる顔をしているな。どうせろくでもないことを考えてるんだろう。言ってみろよ」

「言い方がひどい……」

「うじうじ悩むくらいなら全部吐き出せ。訊きたいことは早めに確認した方がすっきりするだろう」

　尊大な言い方が大雅らしい。裏表のない言葉が心地よく響いた。

　確かに、ひとりで悩んでいても答えは出てこない。

「……大雅は私と番になったからこうして面倒をみてくれて、優しくしてくれるんだってわかっているんだけど、あまり甘やかされるのは困るの。番の本能や責任感だけじゃない気持ちもあるんじゃないかって期待しそうになる」

「……は？　なにを言っている」

　大雅が器用に片眉を上げた。その声は不機嫌に響いた。

「だから、割り切った関係を築かないとって思っているんだけど、優しくされると甘えていいんだって思いそうで……怖い。期待して裏切られたら、きっともう動けなくなる」

感情が昂り、妃翠の目から涙が零れた。

心を預けてもいい相手ができた直後に、そこに愛情が入っていなかったと知れば辛すぎる。条件付きで番になると承諾したのは妃翠の方だが、これ以上大雅の傍にいたら離れられなくなりそうだと思っていた。

「なにを言って……。俺はそんなにわかりにくい男か？」

「……わからないわ」

異性の服を脱がせる手際の良さから、彼が相当場数を踏んできたことも理解していた。恋愛音痴なのは妃翠の方だ。

「なあ、気のせいじゃなければ、俺は今お前から、好きで好きでたまらないって言われている気がするんだが」

「……ッ！」

涙が止まった。徐々に顔に熱が集まってくる。

機嫌が悪くなったと思っていた大雅の表情は、いつの間にか甘やかなものに変わっていた。咄嗟に逃げようとする妃翠の腕を取り、彼の膝の上にのせられてしまう。

「な、そんなこと言ってな……っ」

「俺に裏切られたら絶望して動けなくなるんだろう？　だから一線を引かないとと思っているんだったか？　番の本能やら責任感やら、くだらねえ。そんな考え全部捨てろ」

くだらないと一蹴できる強さが眩《まぶ》しい。妃翠の心がギュッと摑まれる。

「俺がお前の面倒をみてるのも囲ってるのも、全部俺がしたいからだ。番だから当然とかそういうことじゃないし、別の人間に任せるのも冗談じゃない。だから他の男を頼ろうとかするなよ。俺の嫉妬を舐めたら痛い目に遭うからな」

「嫉妬……？　でも、もし私がΩじゃなかったら大雅は私を追ってこなかっただろうし、番になる前に別のΩが現れたら大雅は私を選ばなかったかも」

「……めんどくせぇ女だな。んなこと別の女に言われたらすぐ切るが、お前だから一緒にいたいって言ってんだよ。そんなにもしもなんて重要か？　結果がすべてだろう。出会いがどうであれ、俺がお前を見つけて俺のものにすると決めた。俺はお前を手放すつもりはないし他の男に譲るつもりもない。片時も離れたくないし、またひとりで泣くんじゃないだろうかと気が気じゃない。お前の笑顔は俺にだけ見せればいいし、別の人間には声すら聞かせたくない。そんな感情を一体なんて呼ぶのか、俺にはわからん。お前が決めろ」

予想外の心情を吐かれて、妃翠は息を呑んだ。情報過多で半分ほどしか処理ができていない。

「……私にもわからないかも」

そう言うのが精一杯だったが、真面目に考え始めると少し怖い気がしてくる。

「俺から離れようとするなよ。それにお前が望んだことだろう、〝死にたくなったら殺して〟だったか。残酷な願いをする女だが、番の願いを叶えるのは俺の役目だ。他の奴に渡すつもりはない」

「あ、ありがとう……？」

番になる条件としてそんなことを言ってしまったが、今は死を意識して生きていない。大雅と出会う前は毎日のようにどこでどうやって死のうかと考えていたのに。

「それでも不安なら、そうだな。拳銃でも用意するか。弾は二発。意味はわかるな？」

「えぇ……まさか、私を殺した後に自分もとか……」

「その通りだ。お守りにでも用意しておくか」

物騒すぎて怖い。妃翠は咄嗟に首を左右に振っていた。室内に拳銃があるなんて安心するよりも恐怖の方が強すぎる。

――さらりと言っているけど、この国で拳銃なんて用意できないはず……まさか裏ルートとか？　ダメだわ、深く突っ込めない！

αだからといって護身用に拳銃所持が認められているという話は聞いたことがないが、妃翠が知らないだけかもしれない。実は特殊な法があってもおかしくはない。

「まあ、死にたいなんて思わせなければいいだけだろう。そんな願いを言う暇もないほど充実した毎日を送らせてやるよ」

　大雅らしい傲慢な台詞だ。だがその言葉が妃翠の心の重荷を軽くさせた。

　Ωのフェロモンに流されているだけではなく、彼はきちんと妃翠を見てくれている。死にたいと思う隙も与えないほど、彼が心のよりどころとなってくれるのだろう。

　──大雅が言うように、もしもなんて考えるだけ無駄なんだわ。私だから一緒にいたいと思ってくれている言葉を信じよう。

　Ωとしてではなく妃翠として見てくれる。面倒くさいと言いながらも突き放さず一緒にいたいと言ってくれる心の広さが素直に嬉しい。

「……大雅が私を想ってくれているのがわかったから、もう大丈夫。ありがとう、なんだかすっきりしたわ」

　あっさり拳銃を用意しようと言い出したことにはやや不安が残るが、考えないことにした。先ほど彼が言った理解不能な感情も、百戦錬磨の大雅がわからないのであれば恋愛初心者の妃翠にわかるはずがない。

「俺はさっさとお前を法的にも独占したいと思っている。婚姻届は少々てこずっているが、手筈は整えている。もう少し待ってほしい」

「え、うん……私は急がなくても……」

　大雅の機嫌がふたたび急降下した気配がする。だがすぐに彼は口角を上げて意地悪く呟いた。

「決めた。お前の口からイかせてほしいって泣いて懇願するまでは抱いてやらねえ」

「はい？」

大雅に身体を持ちあげられて、浴槽の縁に座らされる。

急に一体どうしたのだろう。

彼の目の前に裸体を晒して羞恥心を覚えるが、大雅から放たれる不穏な気配に緊張が走る。

背中を壁にくっつけているため逃れられない。明るい浴室内で至近距離で素肌を見られているだけで、身体の奥からじわじわとした熱がせり上がってくる。

「顔が赤いぞ。恥ずかしいか？」

「っ！　わかっているなら見ないで……！」

「無理だろう、恥ずかしがる姿を見ずにいられるか。ほら、触れてほしいとこ言えよ」

「……別にどこも……少し離れて」

「却下。そんな顔で触れないでなんて言われても説得力がないぞ。お前がねだってくるなら気持ちよくさせてやってもいい」

「傲慢……っ！」

触れてほしいなんて思っていない。そう言い返したいのに、先ほどから大雅の視線の熱さだけで肌が焦がされてしまいそうだ。胸の頂がツンと存在を主張し、下腹の奥がずくずくと疼いている。

――うう……抱き着いたときから、抱かれることを期待していたなんて思いたくないのに……否定できない！

大雅の手で触れてほしい。身体中を撫でまわして熱い楔を受け入れたい。淫らな欲望がふつふつと湧き上がってくる。

気持ちよくしてほしい。お腹の奥に渦巻く熱を無視するのは難しそうだ。

「妃翠、いいのか？　お前が願わないなら、やせ我慢をしたまま、じくじく燻る熱をひとりでどうにかするしかないぞ」

「――ッ！」

なんでわかるんだろう。これも番だけがわかる特殊なものなのだろうか。

――大雅が傍にいるだけで、五感がいつもの数倍も研ぎ澄まされてるみたいになる……そんなの困る。

視線の強さ、からかいの中に甘さの混じった声、そして彼の香り。

湯に浸かっていても大雅から漂う匂いは薄れていない。どうしてなのかはわからないが、その香りを吸いこむだけで妃翠の理性が薄れていく。首までうずうずしてきそうだ。強制的に発情状態にさせてほしいと口走りそう。

──また噛まれたら、多分なにも考えられなくなりそうなほど大雅を求めてしまう。ただでさえそろそろ排卵期が近いのに。

予定ではあと数日でやってくるが、ストレスなどでバイオリズムが狂っていてもおかしくない。それに番になった影響で発情期の周期に変化が起こる可能性もありそうだ。

Ωの発情時のフェロモンを嗅いだ番のαも理性を飛ばす。互いに最高のエクスタシーを得られる交わりとも言われているが、妃翠は自分が自分でいられなくなったまま番を求めてしまう強い衝動が少し怖い。

──でも発情前に……ちゃんと理性が残っているまま触れてほしい。私の意思でお願いして触れてもらえたら、きっととても気持ちいい……。

大雅にねだることは罪ではない。彼も妃翠の気持ちが自分に向かうことを待っている。その証拠に彼の欲望はずっと天を衝いたままだ。相当忍耐強いらしい。

妃翠は口内に溜まった唾を飲み込んで、じっと見つめてくる大雅の目を見つめ返した。

「……キス、してほしい」

「……へえ、キスだけで満足するのか？」

「……む、胸も触って……？」

「他には？」

「……っ」

――恥ずかしい……！

覚悟を決めてねだったはずなのに、口に出すと途端に視線が合わせられなくなる。

妃翠は一度ギュッと目を瞑り、潤んだ瞳を大雅に向けた。そんな視線を向けられた大雅がわずかに息を呑んだことには気づいていない。

「ぜ、全部……！　触ってほしいっ」

妃翠は勢いのまま大雅の手を取ると左胸の膨らみに押し付けた。心臓の真上から触れられれば、どれほど恥ずかしい想いを押し殺して大雅にねだっているか伝わるだろう。

その大胆な行動と必死な表情を見て、大雅の目元がじんわり赤く染まった。胸に押し付けられた手が意志を持ち始める。

「ああ……クソ、反則すぎる。お前絶対そんな顔を他の男に向けるなよ？　全員ぶち殺したくなるからな」

「ええ……？」

妃翠は困惑の声を上げた。

大雅はふたたび余裕を取り戻したかのように右手で妃翠の左胸を揉みしだきながら、彼女の方に身を乗り出した。

「キスをしながら胸も他も、余すところなく触ってやる。俺に命じることができる女なんてお前だけだぞ」

「ン……ッ」

派手な水音が響いた直後、妃翠の唇は大雅に塞がれていた。キスをされただけで身体中に電流が走ったような甘い痺れを感じて、妃翠の華奢な身体がふるりと震える。

薄く開いた唇の隙間から肉厚な舌がねじ込まれても抵抗したいとは思わない。

すべてを奪いつくすようなキスが妃翠の頭も身体も蕩かすようだ。

「はぁ……んぅ……」

口内を攻められながら胸の頂を指先で転がされた。キュッと赤い実を摘まれると、お腹の奥がキュウッと収縮する。

――あぁ、熱くてたまらない……もっともっとってなる……お腹の奥も撫でてほしい……。

自然と両腕が持ち上がり、大雅の首に巻き付いた。心地のいいキスだけで蕩けるような気分になっている。

少し前までこれ以上彼に惹かれたらダメだと自分を抑えていた。好きになってしまった後に、妃翠の心が欲しいわけではないと拒絶されたら立ち直れなくなると思ったから。

だがそんな不安は杞憂だった。まだΩの本能なのか妃翠の心なのかはわからないが、大雅に触れてほしい、もっと近づきたいと思っている。

全身を撫でる大雅の手が心地いい。その手が背中から腰の窪みを撫でると、全身から力

が抜けそうな心地になった。

「ンン……っ」

「キスだけで上せたか？　確かに、俺もそろそろ熱い」

浴槽の縁に座らされて足湯状態の妃翠と違い、大雅の身体はまだ半分湯に浸かっている。

妃翠の身体を一度湯に戻してから、大雅は横抱きに抱き上げた。

「今すぐ襲いたいところだが、続きはベッドの上でな。だがその前に飯食うか。体力つけないと今夜に備えられない」

「え……大雅の体力はもう十分かと」

「俺じゃなくてお前のな。一度だけで終わるなんて思うなよ」

「っ！」

「こっちはずっとお預けを食らっているんだ、覚悟しろ」

そして独り言のように、「俺は自分がこんなに我慢強いなんて思わなかったぞ。自分で自分に驚いている」と呟かれた。

妃翠をバスマットの上に立たせると、自分は全裸のまま先に妃翠にバスローブを着せてくれる。

——甲斐甲斐しいところもあるって気づいているのかな？

忍耐強くて面倒見がいい。彼の欲望はどうやって処理するのか確認したい気持ちもあるが、気づかないふりをするのがマナーかもしれない。

――こんなふうにしてくれて、好きにならない方が無理だと思う……。

ずっと寂しかったから絆されたわけではない。大雅のふとした優しさが好ましい。

妃翠は高められた熱が冷えるのをひたすら待った。

❀　❀　❀

目が覚めるともうすっかり日が昇っていた。身体を起こそうとするが、普段あまり使っていない筋肉が悲鳴を上げている。

――ああ、昨日……というか朝方まで貪られてた気がする……。

最後の方は意識を飛ばしていたため、いつ眠ってしまったのかもわからない。だが胎内に燻っていた疼きはすっかり解消されている。昨夜はへとへとになるほど大雅の激しい欲情を受け入れた。一体いくつ避妊具を使ったのかもわからない。

身体を重ねると、彼に大切にされているのだと実感できるらしい……という新たな発見が妃翠の胸を擽る。決して乱暴でも自分本位でもなく、妃翠が気持ちよくなれるように丹念な愛撫を施してくれたことが嬉しくて、甘酸っぱい気持ちにさせられた。

「……身体もさっぱりしているし、後始末もしてくれたのかな……やっぱり面倒見がいいわ」

濡れタオルで全身を拭いてくれたのだろう、不快感がない。番になった日のように胎内に吐精されたわけでもなかったから、起き上がっても垂れる心配はない。

いくら妃翠がピルを飲んでいるとはいえ、性欲処理のように中で吐き出すことをよしとしない大雅のある種の潔癖さが好ましい。番になったときは胎内に出すことが必須だったため例外だ。

――なんだろう、ひとつずつ彼のいいところに目が向いている気がする。

いいところにしか目が向かない状態はもう、恋と呼べるのではないか。今まではっきり恋をしていると自覚した経験がないため自信はないが、これを恋と呼ばずになんと呼ぶ？

という気持ちさえ湧き上がってくる。

――離れたくないし、傍にいたいって思う気持ちはもう誤魔化しようがない。でも、あんまり甘やかされるのはまだ怖いかも。

大雅なしでは生きられなくなってしまう。生活の中心に彼がいることが当たり前になると、知らない間に依存してしまいそうだ。

今までひとりで生きなければと思っていただけに、リミットが外れてしまった後の自分が想像できなくて恐ろしくなる。重い女と思われたくないし、嫌われたくない。

「……どうしよう、人との付き合いを避けてきたから適度な距離感がわからない……。S

NSの仲良くしてくれる人たちに相談したい……」

だが今はSNSを禁止している。どれくらい自分の情報が出回っているのか、Ωの存在がどれほどソーシャルメディアを騒がせているのか、確認する勇気は出てこない。

うっかりワイドショーを観ないように、テレビをつけるときも時間を気にするようになっていた。今世間がどのような状態なのか、きっと大雅に確認する方がいいだろう。

――って、大雅はどこにいるんだろう？　シャワーかな？

彼の予定を聞いていないが、妃翠との時間を作りながら合間を縫って仕事をしているはずだ。自分が彼の重荷になっていないか、余計な負担を与えていないか、急に不安になる。

――いけない、すぐに不安になっちゃう。気になることは自分で抱えずに、直接大雅に言った方がいいって思っているのに。

きっと彼は本音しか言わないだろう。嘘をついてまで妃翠にご機嫌取りをするような人ではないと思っているが、必要な嘘ならいくらでもつきそうだ。

どこまで相手を信頼できるか。彼のすべてを信じると言い切りたいが、まだ少しハードルが高い。

身支度を整えてリビングに向かう。ふとサイドテーブルの上に妃翠のスマホが置かれていることに気づいた。

SNSでΩが騒がれ出した直後に妃翠のスマホは大雅に預けていた。今は彼が用意したスマホを使用しているが、数日確認していないだけでメールなどが入っていないかが気になってくる。

――ちょっとだけ、なにか大事な連絡が入っていないか確認するくらいならいいよね……。

充電が残ってなかったら諦めよう。そんな気持ちで手帳型ケースに入ったスマホに触れて、電源をONにする。まだ充電は残っていた。

SNSの通知は切っているが、その他の通知は生きている。いくつか届いているメールのひとつに目が留まった。

――あ、珍しい人からメールが来てる……どうしたんだろう？

『元気かな』というタイトルで送られてきたメールは、妃翠が世話になっていた院長の息子、百瀬隼翔からだ。確か大雅と同年齢だ。

百瀬院長が突然死したときも、妃翠は合わせる顔がなくて隼翔との接触を避けてきた。彼は大学卒業後、関西の製薬会社に就職したはずだ。

妃翠がΩだとわかってからはほとんど顔を合わせていないし、院長も息子にすら妃翠の秘密を隠し通していると聞いていた。

隼翔はβなのだから彼と会っても問題はないのだが、秘密を知る人間は少ない方がいい。きっと院長には余計な心労をたくさんかけていたことだろう。

――メール確認するだけなら大丈夫だよね。

言いようのない緊張感を覚えながらメールボックスを開いた。

そこには妃翠の体調を気遣う言葉から始まり、隼翔が一か月前に東京のオフィスに転勤になったことが書かれていた。

ひと月前からなら、実家の病院が風評被害に遭っていることを知っているだろう。Ωを匿っていたのではないか、抑制剤を融通していたのではないかという情報が拡散されている。

――そうだ、私、隼翔君にも迷惑をかけているんだった……。

妃翠に抑制剤を渡していた記録は残っていないはずだが、どこからたどり着かれるかわからない。院長が証拠を残すような真似をしていないことだけは信じているが、果たして隼翔はなにか妃翠に確認したいことでもあるのだろうか。

「え……院長先生からの手紙が見つかった？　私宛て……？」

ドクン、と心臓が大きく跳ねた。額に汗が滲んでくる。

中は確認していないから安心してほしいと書かれているが、嫌な予感が止まらない。

――隼翔君は勝手に中を確認したりはしないって信じてるけど、なにが書かれているのか気になるし落ち着かない……。

会えないかという言葉で締めくくられているが、ひとりで会いに行くことは難しい。それに大雅に匿ってもらっている状態だ。昔馴染みで、子供の頃は兄のように慕っていたとはいえ、今会うわけにはいかない。

「ごめんなさい……」

妃翠はメールを見なかったことにして、スマホの電源を落とした。サイドテーブルの上に戻す。

——落ち着いたら返信しよう。それに大雅に相談してからじゃないと。

……そのメールを開いてしまったことでウイルスに感染したとは妃翠は夢にも思わなかった。

第六章

新しいホテルに移動して三日目。

しばらくこのままホテルに滞在するのかと思われたが、大雅からふたたび移動を促された。

「じいさんがようやく戻ってきた。これからじいさんの家に行くぞ」

「え、おじい様？　戻ってきたってどこかに行ってたの？」

「石垣島だったか？　本土から離れてヴァカンスだと。隠居したじじいはいつもあちこち遊びまわっている。滞在先もころころ変えるから厄介だが、ようやく帰宅したとの情報が入った。麗佳は近寄らないから、セキュリティなども考えるとじいさん宅に行くのが一番いいだろう。山の中だから静かだしな」

「そうなの？　でも大雅だけならまだしも、私までお邪魔するのは迷惑なんじゃ……」

「まさか。俺が嫁を連れて行くと言ったら、『なんでもっと早く言わない、すぐに連れて来い』って言ってきたのはじいさんだぞ。自分が遊び回ってたから引き合わせられんかったんだろうが。年寄りは自分勝手で困る」

「……そうなの」

我が強いところは大雅も負けていないと思うが口には出さなかった。

――っていうか、嫁って……。すごく照れくさい……！

じわじわと顔が熱くなりそうなのをグッと堪える。

大雅が妃翠と早く入籍したいと言っていたのは嘘ではなかったようだ。身内に告げるとなると真剣度が変わってくる。もちろん彼の言葉を疑っていたわけではないが。

――待って、大雅のおじい様ってことは皇家の偉い人よね？　総理大臣に会いに行くわけじゃないとはいえ、総理のお父さんってことにもなるし……どうしよう、無駄に緊張してきた！

「私、礼儀作法とかすごく自信がないんだけど……！」

「は？　そんなの気にするな。俺は面と向かってクソじじいとまで呼んでいるぞ」

それは大雅だから許される暴言だし、なにより彼の所作は十分美しい。

――生まれながらのお坊ちゃんっていう自覚がないのかもしれない……うちは普通の一般家庭で、身近なαは先生しかいなかったもの。

はたと気づく。大雅はどこまで妃翠のことを彼の祖父に説明しているのだろう。

「……それで、おじい様には私のこと、なんて伝えてるの？　βとして連れて行くとしたら、普通に考えて結婚反対されるんじゃや……」

「ああ、まあはっきりとは言ってない。だが、じいさんは別にα至上主義者じゃないしな。たとえ俺が選んだのがβの女だとしても、俺が結婚すると決めたことを喜ぶだろう」

α至上主義者じゃないと聞いてほっとする。孫が選んだ相手を尊重してくれるというのは、皇家のような名家では珍しいだろう。

――あ、少しわかったかも。麗佳さんが近寄らないのは価値観が違うからかもしれない……彼女はα至上主義者だものね……。

今までの間になにかしら衝突が起こっていてもおかしくない。大雅が彼女は祖父宅に近寄らないと断言していたのも頷ける。

「とりあえず訳ありだとは伝えているが、詳しい事情は到着してからするつもりだ。電話で言うのはリスクが高い。どこで盗聴されているかもわからんからな」

「あまり怖いことを言うと妃翠さんが怯えますよ」

移動の準備をしていた白鳥が大雅を窘める。数日ぶりに白鳥と会ったが、少しやつれているように見えた。

「怯えても俺が傍にいれば問題ないだろう。なあ、妃翠。怖いことがあったらまずどこに行くんだ？」

からかいの混じった声で問いかけられた。

なぞなぞのようでもあるが、その答えがすぐにわかってしまっただけに気まずくなる。

「わ、わからないわ」

二人きりならまだしも、白鳥の前で変なことを言わせないでほしい。

妃翠は咄嗟に大雅から顔をそむけた。が、視線を逸らしたことが気に食わないとばかりに顎を摑まれて彼の方へと固定される。

「妃翠、答えろよ」

「……大雅様、強制はよくありません。というか、あなた様が怯えさせてどうするんですか」

「怯えさせてないだろう。どう見ても恋人同士のいちゃついた会話だろうが」

「まず手を放してあげてから言ってくださいね」

白鳥の言葉に従い、大雅はパッと妃翠の顎から手を放した。

白鳥がやれやれと大雅に背中を向けた直後、大雅は妃翠の耳に囁いてくる。

「で、答えは？」

「う……」

これは言うまで待つパターンだ。

非常に恥ずかしいが、妃翠は大雅の圧に負けた。

「……ここ」

そう一言告げて、妃翠は大雅の胸のあたりを人差し指で突いた。悲しいときや泣きたいときは、彼の胸の中で曝け出すようにと約束させられている。

「正解」

大雅は満足そうに笑って妃翠の手を握った。そんな些細な触れ合いだけで、妃翠の胸がドキドキとうるさくなる。

――恋心って厄介だわ……自分の知らなかった脆さや強がりに気づかされる。

手を繋ぐだけで胸がそわそわ落ち着かなくなるし、手を放したら寂しいと感じてしまう。

そもそも寂しさなど気づかないようにしていただけに、一度思い出してしまったら二度と手放せない。

彼からのアクションを待つより、自分から放した方がいい。温もりが離れることを残念に思いながらも、妃翠は大雅の手をそっと振りほどく。

いろいろ考えすぎるところが恋心の面倒くさいところだ。恋愛初心者の妃翠と違って、経験豊富な大雅は慣れているだろうが。

「悪い、電話が入った。ちょっと待ってろ」

そう言って寝室に入る大雅の後ろ姿を見送ると、傍にいた白鳥が妃翠に話しかけてきた。

「大雅様のことでなにか困ったことはありませんか？」

「え……いえ、特には。ただ私があまり恋愛とかに慣れていないから、自分が不甲斐ないというか、面倒くさい人間だったんだなって気づかされてたところです」

今まで気にならなかったことまで気にしそうになる。恋愛というのはそういうものなのだろうか？　少し傍にいないだけですぐに寂しさが募ってしまう。

「大雅様も大概面倒くさい人ですよ。ここだけの話ですが、今まで本気で好きになった女性もいなかったようですし」

「え？　でも恋人はいたんですよね？」

「確かに、私が把握しているだけでも数人はいましたが、特定の女性は作らなかったと言いますか、あと腐れのない女性を選んでいたという感じですね。かと言って来る者拒まずではないですよ？　むしろ選り好みは激しいですし」

「ええ……まさかモデル級な美女じゃないとダメとか？」

——そうしたら私は大雅の好みから外れるわけだけど……。

白鳥が苦笑する。そういうわけではないらしい。

「αの女性は麗佳様のことで苦手意識が強いんですよね。さすがに麗佳様のような女性はαでも珍しいですが、αはそれなりにプライドが高いですし、なにより結婚適齢期に入れば大雅様との未来を夢見ないはずがないでしょう？　だから結婚を意識しない女性と上辺だけの付き合いを選んでいましたね……あとα女性のご機嫌取りは面倒だと言ってましたよ」

「うわぁ……言いそう」

「もちろんαだけでなくβの女性もいましたよ。ですがβの女性は性質的に一歩下がるというかαに気後れしてしまうようですね。賢い女性ならなおさら大雅様との未来はないことを理解していましたので。つまりその場限りの付き合いだと。ですが大雅様は、従順で男に従うだけの女はつまらないとも言っていましたね」

「すごく言いそう……」

先ほどから同じ言葉しか繰り返していない。だが白鳥の言葉から大雅の過去が容易に想像できた。

自分に自信があり男性を傅かせるのが好きな逆ハーレム系のα女性は言語道断、プライドが高い女性に振り回されることは我慢ならない。かと言って主体性のない女性には興味がなく、結婚をほのめかされることも好まない。

そして二十代後半からは誰とも付き合うことなく、仕事に打ち込んできたらしい。妃翠と出会う数年前から彼はフリーだったそうだ。

「ね、面倒くさい男ですよね。だから大雅様から女性を追いかけたと聞いたときは耳を疑ったんですよ。そんなことは初めてですし、顔を隠した相手を本能だけで追いかけて捕まえて、挙句ホテルに連れ込んだと聞いたときは、さすがに驚きすぎて私の心臓が止まりかけました……」

「それだけ聞くとすごい犯罪臭……！　なんかすみません」

「いえいえ、妃翠様のせいではないですよ。結果、大雅様の直感が正しかったんだと思ってます。自分から追いかけるほど繋ぎとめておきたいと思った女性がいたことに、大雅様自身が一番戸惑ったでしょうが。あの方がここまで甲斐甲斐しく世話をするなんて、今まで想像できなかったことです。妃翠様を大事にしていることが伝わってきて、私も安心しました」

白鳥が優しく妃翠に微笑んだ。

確かにこれまで大雅と過ごしてきた数日間、彼は甲斐甲斐しく妃翠の世話を焼いていた。常に傍にいて抱きしめてくれて……。

——そういえば今までの恋人とは一緒にお風呂にも入ったことがないって……。じゃあ、本気で私が特別ってことなんだ……。

今まで女性を追いかけることがなかった彼が妃翠を追いかけて捕まえた。結婚を面倒だと思っていたようなのに、妃翠にはすぐに婚姻届に記入を求めてきた。

出会った当初とは比べ物にならないほどの愛情を日々感じている。言葉にしなくても、彼の行動で気持ちが伝わっていた。

妃翠の顔に熱が集まり出した頃、電話を終えた大雅が戻ってくる。

「待たせたな」

「ううん、えっと……私の荷物もまとめてあるから、もういつでも出発できるわ」

「そうか、じゃあ車は車次第だな」

「あ、私の車は……」

「心配するな、ちゃんと運ぶ。だがワゴンは目立つからな、あとで運んだ方がいいかもしれない」

大雅と出会ってから自分の車にまったく触れられていないが、彼が選んだ人が安全運転で運んでくれるのであれば信じるしかなさそうだ。

――久々に運転したい気持ちもあるけど、それよりも迷惑がかからないようにしたいし。

大雅と白鳥さんの判断に任せた方がいいよね。

「車の手配はできましたが、お二人同時に移動されるのは少々人目につきますよね」

「……そうだな、俺といることで妃翠に危険が及ぶのは避けたい。妃翠、移動先はここから一時間くらいだ。別々の車で移動しようと思うが、大丈夫か？」

良くも悪くも大雅の傍は目立つ。万が一のことを考えて提案してくれているのだろうと思うと、寂しいからという理由だけで嫌だとは言えない。

「大丈夫。白鳥さん、二台も車を用意させてしまってすみません」

「それはお気になさらず。後ろのシートを広々とお使いください。眠っていただいても大丈夫ですので。すぐに到着しますよ」

「そうですね……」

「では妃翠様、手荷物だけ持って地下の駐車場に行きましょう。案内は彼に頼んでありますので」

大雅の護衛の男性だ。何度も顔を合わせているので信用できる。

「ありがとうございます。ではまた」

「妃翠、スマホの電源はちゃんと入れておけよ。なにかあったら連絡しろ」

「ありがとう、でもなにもないと思うから大丈夫。多分寝てるから」

先ほど確認したら、大雅に持たされているスマホの充電はしっかり残っていた。妃翠のスマホは未だに彼が持っている。

部屋を出てホテルの地下の駐車場に案内される。セダンの黒い車がエレベーター前に停まっていた。

「こちらへどうぞ」

「ありがとうございました」

案内してくれた男性に礼を言って車に乗り込んだ。見知らぬ車にひとりで乗り込むのは少々勇気がいるが、慣れない高級車のシートは思いのほか座り心地がいい。これならすぐに眠気がきそうだ。

車が発車し、地下から地上へと向かう。思った通り少し車が動き出しただけで、妃翠はうとうとし始めた。

仮眠時間にちょうどいい。このまま眠ってしまおう。

そうして眠りについてしばらく、エンジンが止まった。後部座席のドアが開かれる。

――え、もう着いた？

少ししか眠れていないしなにか様子がおかしい。

「お待ちしておりました、真鶴様。こちらにどうぞ」

にこやかな笑顔で妃翠の名を呼んだのはホテルの制服を着た女性従業員に見えた。妃翠の名を知っているということは大雅がなにか仕組んだのだろうか。

「え……と、はい」

促されるまま車を降りると、建物の中に案内される。そこは先ほどまで滞在していたホテルとは別系列のホテルだった。

――なんだかホテルのはしごばかりしてる……ホテル評論家にでもなったみたいな気分だわ。

女性の後ろをついていくが、どこに連れられるのかわからない。悪戯好きな大雅がサプライズを仕掛けていてもおかしくないだろうが、大雅の名前が出てこない限り安心はできない。

案内されたのはホテル内にあるブティックだった。衣装の貸し出しもしており、隣にはサロンも併設されている。

訳もわからぬままドレスが選ばれた。プロが選んだドレスはサイズもぴったりで、妃翠の肌色にもなじんでいる。

——ええ？　これに着替えるって、ますます意味がわからない……！

試着室の鏡に映る自分の顔は困惑の色が強い。

夏らしい青地のドレスはイブニングドレスではないが、デイドレスと呼ぶには少々フォーマルに感じる。首の裏でリボンを結ぶホルターネックのドレスで、膝下で揺れる裾が軽やかで着心地はいい。

——首の裏でリボン結びをしているとはいえ完全に覆っていないから、噛み痕が見えちゃうかもしれない。髪の毛をアップにはできないわ……。背中も大胆に空いてるし、ちょっと露出が恥ずかしい。

夏用のストールがあればそれを巻き付けたいところだが、ドレスとのバランスが悪くなりそうだ。悪目立ちする格好は避けたい。

だが、結局、冷房対策用のストールを貸してもらい、首元を隠した。ドレスに合わせたハイヒールを履く。滅多に履くことのない高いヒールはすぐに足が痛くなりそうだ。

子供の頃は、大人になったら高いヒールを履いて颯爽《さっそう》と歩けるようになるのだと思っていたが、まったくそんなことはなかった。むしろいざというときに走れる靴しか履いていない。

ヘアスタイルは妃翠の希望通りハーフアップにしてもらい、緩く巻かれた。自分ではやらないようなメイクを施されたのはテンションが上がったが、この先になにが待ち構えているのかわからず落ち着かない。

「とてもお綺麗ですわ」

まるで結婚式場の花嫁にかけるような台詞を言われて、妃翠は曖昧に会釈した。褒められ慣れていないため、こういうときどういう返事をしたらいいのかがわからない。皆さんの腕がいいからです、と言えばいいだろうか。

——いや、待って。ここにいる理由がわからないから、なんて言って対応したらいいのかもわからない！　どこに連れて行かれるんだろう？

手荷物のバッグは決して人に預けまいと、肩にかけたままギュッと持っている。ドレス姿にはミスマッチだが、そこまで気にしていられない。

——あ、試着室に入ったときに大雅に連絡すればよかったんじゃ？　しまった、なんで気づかなかったんだろう。テンパってたから？

お手洗いに寄りたいと告げてしばらく立てこもってしまおうか。そう思った矢先、早くも目的地に到着してしまったらしい。

「こちらでお連れ様がお待ちです」

「っ！　はい、ありがとうございます」

ホテルの客室ではない。宴会場などに使われる広間だろうか。

お連れ様と聞いて妃翠は安堵した。やはりここには大雅がなにかを企んで連れてきたのだろう。彼の祖父宅に行く前にドレスアップする必要があったのかもしれない。

――それならそうと言ってくれればいいのに……！　悪趣味だわ。

心細い想いをさせた後にサプライズをしたら、妃翠がもっと自分に甘えてくるとでも思ったのだろうか。そうだとしたら大雅にはしばらく必要以上に近寄らないでおこう。

そんなことまで考えながら扉を開くと、予想外の人物が妃翠を待っていた。

「……え？　隼翔君？」

「待っていたよ、妃翠ちゃん。久しぶりだね、何年ぶりだろう。すごく綺麗になっていて驚いたよ」

記憶の中の人物が昔と変わらない笑顔を向けてくる。

一番仲が良かったのは彼が高校生の頃で、妃翠がまだ小学生か中学生だった頃か。時折宿題を見てもらうほど懐いていたのだが、彼が大学に進学してからは徐々に疎遠になっていた。

子供の頃から整った顔立ちの隼翔はとてもよく目立っていた。頭脳明晰で女性に優しくて、近所の子供だった妃翠のことも妹のように可愛がってくれていた。

スーツ姿は見慣れないが、文句なしにかっこいい。長身で柔和な笑みを浮かべているだけでも女性が群がりそうだ。

――この顔で独身とは思えないけど、まさか結婚のお知らせ……なんかじゃないよね。そんなことメールにも書いてなかったし。

この間届いたメールの返信ができないままだったことを思い出し、少しだけ気まずい。

「なんで隼翔君がここに？　というか、どうして私はここに連れてこられたの？」

この部屋は広間の控室のようだ。広間と呼ぶには小ぢんまりしている。

だが部屋の奥には隼翔の他に数名の男性が佇んでいた。まるでこれから舞台挨拶にでも出るようなきちんとした格好をして髪型もセットされている。

そしてなにより驚いたことに、彼らの顔は皆見覚えがあった。……Ωと見合いを希望していた著名人のα男性だ。

――ッ！　うそ、俳優の藍沢竜樹もいる……！　なんで？

身体が一瞬で硬直する。

この場に呼び出されたのは妃翠としてではない、Ωとしてだ。

そしてこの場に大雅の姿が見えないことから、これは彼が企んだことではないのだと悟った。

――どうして……なんで？　いつから？　あの車の運転手は白鳥さんが手配した人ではなかった？　別人が成りすましていた？

それとも車まで案内した人が裏切ったのだろうか。元々用意されていた車に妃翠を乗せず、このホテルに来るように仕向けていたのかもしれない。

ぐるぐると考えを巡らせるが、答えは見つからない。ただひとつわかるのは、妃翠がここに来るよう仕向けたのはかつて兄のように慕っていた百瀬隼翔だということだ。

「……一体どういうこと。いきなり私をこんなふうに呼び出して、なにが目的なの」

妃翠の警戒心が高まる。この場にいるαの男性たちも気になるが、まず隼翔に対しての不信感がこみ上げてきた。

彼はβだったはずだ。αだった院長と、βだった院長夫人との間に生まれた、一般的なβよりも優秀なβの息子。

彼からはα特有のカリスマ性や傲慢さが感じられなかった。だからβだと信じて疑わなかった。

なのに今妃翠の前に立つ男からは、α特有の支配者の香りがする。

――なんで？　嘘でしょう、まさか隼翔君はβじゃなくてαだった？　αであることを隠して私と接していたの？

はじめから騙されていたのか、あるいは事情があって隠していたのか。理由はなんにせよ、もう昔のような関係には戻れないことだけはわかる。

「そんなに怯えないで。僕は久しぶりに再会できて嬉しいんだよ」

にこやかな笑顔が恐ろしく感じる。彼の意図がわからない。

本当は嫌われていたのだろうか。慕っていたのは自分だけで、彼は迷惑に思っていたのだろうか。

――もしかして院長先生が死んだのは私のせいだから、私に復讐がしたいということ？

……もしそうだとしたら、場合によっては受け入れるしかないかもしれない。

だがたとえそうなったとしても、ひとりで抱えるつもりはない。大雅にも事情を説明して、なにが最善か話し合いたい。必要であれば弁護士を雇うし、その費用はまだ残っている貯金で賄えるはずだ。

妃翠が汗の滲んだ手を密かにギュッと握りしめていると、恍惚とした声が響いてきた。

「嘘だろう、まさか本当にこんな日が来るなんて……」

「俺も半信半疑だったが、本物だ。俺にはわかる」

「私も同じく。こんなにも心が歓喜に震えたことは一度もない」

妃翠に熱い視線を向けながら、隼翔を除く五名の男性たちが確信めいた歓声を上げていた。

その内容を聞いて、妃翠の腕にぞわりと鳥肌が立つ。

妃翠が彼らがαだとわかったのは、彼らが皆テレビや雑誌に出ているαの著名人だからだ。それに容姿が優れており、佇まいからして一般人とは違うオーラを感じるため、確信が持てる。

だが彼らの今の発言は、妃翠と会う前からΩと知っているようだった。いや、この場に集められた理由はΩと会うためとしか考えられない。

――Ωだとバレてる……!?　どうしよう……!

今までΩのフェロモンを誤魔化すように外出する際は香水をつけていたが、大雅と出会ってからはその習慣もなくなってしまった。

番になったことで自分のフェロモンがどれほど他者に影響を与えるかはわからない。発情期のフェロモンは番にしか通用しないらしいから、発情期でない今は他のαにそれほど影響はないかもしれない。

「彼らのことは妃翠ちゃんも知っているでしょう？　俳優、スポーツ選手、音楽家、写真家、実業家……それぞれ分野は違うけど、第一線で活躍して注目を浴びている上位αたちだ。皆忙しい時間を調整して、妃翠ちゃんに会いに来たんだよ」

「私に……？」

自然と足が一歩下がる。このまま扉まで走って逃げ出したいが、もし彼らに背中を向けたらどうなるかわからない。

まるで肉食獣の巣窟《そうくつ》に丸腰で入り込んでしまった気分だ。嫌な汗が止まらない。

「意味がわからないわ。私はあなたたちのようなαの男性に会いたいと思われるような人間じゃありません……一般人で、中学卒業のときにした検査結果もβです」

嘘は言っていない。妃翠の身分証もしっかりβと記載されたままだ。なんならこの場で免許証を見せたっていい。

何故隼翔は妃翠がΩだと確信しているのか……悪い想像しか思い浮かばない。

「大丈夫、僕たちは皆妃翠ちゃんの味方だから。ね、そうだよね？」

この場を取り仕切る隼翔が彼らに同意を求めた。

「もちろんだ。俺たちはあなたを傷つけたいわけではない」

「どうか怯えないでほしい」

彼らは各々頷きながら妃翠に懇願する。

崇めるかのような眼差しを向けられるのが気持ち悪いし、画面の中では好感しかなかった好みの俳優にまでそんな気持ちを抱いてしまって泣きそうだ。

――好きだった映画ももう観られないかも……。

画面の向こう側にいる彼らの視界に入りたいと願ったことはない。ましてや言葉を交わしたいなど考えたこともない。

だがここで怯えるわけにはいかない。妃翠がこの場を切り抜ける方法はひとつだけ……なにがなんでもΩだと認めないことだ。

そして隙を見て彼らから逃げたい。今一番扉に近いのは妃翠だ。

激しく鳴る心臓を宥めるようにゆっくり呼吸を繰り返し、不愉快な視線と向き合った。

「……揃いも揃って皆さん暇なんですか？　これは誘拐、いえ拉致《らち》？　私はこの場に望んで来たわけではありません。帰ります」

「怖がらせてごめんね。こうでもしないと君を檻から救い出せなかったんだ」

救い出すとは、大雅のもとからということだろうか。

なんて勝手な言い分だ。妃翠の心にチリチリとした怒りが灯る。

「頼んでないですし、迷惑です。私はただの一般人で、あなたたちのようなαの男性たちと関わりを持ちたいなんて思っていません」

「じゃあなんで妃翠ちゃんは皇家の御曹司と一緒にいるの？」

「……っ！」

――しまった、そういうことに繋がるわ。

檻と言っていた時点で、隼翔は妃翠の状況を知っていたのだ。そもそも滞在先のホテルから連れ出したのだから、妃翠の居場所がバレていたとしてもおかしくない。

怒りのまま言い返していたが、急速に勢いが削がれていく。怯えと逃げたい気持ちが強くなった。

「どうして……そんなことまで知ってるの。私が滞在していたホテルに車を呼んでいたのは隼翔君よね。一体なんで急に私の身辺調査なんてし始めたの」

「僕は一か月前に関西から関東に戻ってきて、君に会いに行こうと思っていたんだ。けれど妃翠ちゃんはずっと留守にしていて、たまにしかご実家に戻ってこない。どうしようかと考えたときに、役所から通知が届いてね」

「……なんの？」

「君が皇家の御曹司との婚姻届を出したという報告」

ざわりと空気が揺れた。この場にいる彼らも、妃翠が婚姻届を提出した相手がどういう存在かわかっているのだろう。

なにせ現αの頂点に立つと言われている男だ。傍にいすぎて忘れていたが、世間では帝王という異名を持っていることを思い出した。

――そうだった、大雅は有名人なんだわ。αの方が大雅のことに詳しいはず。

αの名家の御曹司が平凡なβと結婚するのはスキャンダルになるだろう。

大雅から婚姻届が受理されなかったことは聞いているが、詳しい理由は知らされていない。この場をうまく切り抜ける方法がわからない。

「身内でもないのに何故隼翔君にそんな通知が行くの。おかしいじゃない」

「おかしくないよ。僕は妃翠ちゃんと結婚しようと思っていたから、万が一僕以外の人との婚姻届が出されたときのために、異議申し立てを申請していたんだ。君が僕の知らない間に結婚しないように」

「……は？」

平然と語られる内容についていけない。

そもそも隼翔とは昔馴染みという関係ではあるが、恋人だったことも親同士が決めた許婚だったこともない。恋愛感情を向けられたことは記憶を遡ってみても思い出せない。妃翠が気づかなかっただけで彼にはそのような情があったのだろうか。

――なにを言われたのか理解できない。異議申し立てってなに……？　私の婚姻届が出されたら邪魔ができるように、役所から通知が入る仕組みなの？

「なにそれ、付き合ってもいないのに私と結婚するつもりとか、正気と思えない。それに異議申し立て？　聞いたことがないし意味がわからない……それもαだけの特権なの？　そもそも隼翔君はαなの？」

彼は困ったように眉を下げると、「そうだよ」と頷いた。

「ごめんね、ずっと本当のことを言えなくて。妃翠ちゃんに嘘をつくつもりはなかったんだ。でも子供のときの君が、『隼翔君もβなの？　私とお揃い？』って訊いてきたものだからつい……αだと言ったら怯えられるかと思ったんだ。それと君が言う通り、異議申し立ての申請はαだけに与えられた特権で間違いないよ」

「ひどい……嘘をつかれた方が悲しい……」

子供の頃の会話など覚えていないが、嘘をつくのは不誠実だ。だが、妃翠も大人になってから周囲を欺き続けているため、彼を糾弾できる立場ではない。

隼翔は関東に戻ってきたらすぐにでも妃翠に婚約を持ちかけようと思っていたらしい。本当は三年以内には関西オフィスから異動できるはずだったらしいが、事情が変わって延びてしまったのだとか。

そんな事情など知ったことではないし、あまりに一方的すぎる。

恋人でもなく、結婚の約束もしていない相手が、どうして結婚に頷いてくれると思うのだろう。

——こんなに理解できない人だった？　宇宙人と話しているように思えてくる。

「ああ、でも異議申し立てを申請したのは割と最近だよ。父が亡くなった直後だから半年前くらいかな。父がどうも危ない奴らに狙われていると気づいたあたりから予感はしていたんだ。Ωを匿っているんじゃないかという疑惑がどこからか漏れてね。恐らく抑制剤を輸入していたルートからだと思うけど。反社会的勢力に拉致されたみたいだ。組長のαがΩを所望していたそうだけど、父は最後まで口を割らなかった」

だから殺された。

隼翔が最後まで言わなくてもわかってしまった。

妃翠が旅に出る前、百瀬院長に会いに行こうとして無理やり車に拉致されている現場を見てしまったから。

妃翠は院長から何度も約束させられていた。たとえ自分の身になにかよくないことが起きても、なにかに巻き込まれても、決して妃翠は関わってはいけないと。もし身の危険を感じたらすぐにその場から離れるように、準備だけは怠ってはいけないとも。

その約束通り、妃翠は元から準備していたキャンピングカーをすぐに発車させて自宅を離れた。もし彼の病院に通っているという個人情報が漏れたら、近所に住んでいる妙齢の女性はΩだと疑われてしばらく見張りがつくかもしれない。

Ωだとバレる危険性が高まるため、警察に相談もできなかった。なにもできなかった自分が情けなくて悔しくて、そして後悔しか残っていない。

自分は散々院長に助けられてきたのに、いざというときは助けてあげることができなかった。

——先生、ごめんなさい……。

涙が零れそうになるのをグッと堪える。

ここで泣いてはダメだ、泣くときは大雅の前でと約束した。それに目の前の男たちに弱みを見せたくはない。

「でも安心して、父は殺されたわけじゃない。拉致されたけど、その日のうちに帰されているし、死因は心筋梗塞で自宅で亡くなっている」

「え……」

妃翠はどうしても百瀬が気になって、旅に出てから一週間後には地元に戻ってきた。そこで近所に住む人から院長が突然死したことを聞いたのだ。てっきりあの拉致が原因で亡くなったと思っていたが、死因は別にあったようだ。

――でも、私が負担になっていたのは間違いない。余計な苦労をかけさせてしまったのだから、私の罪が消えたわけじゃない……。

警察に通報していたらと何度も考えたが、抑制剤がらみの拉致を知られる方が百瀬を窮地に立たせてしまうかもしれないと思い、どうすることもできなかった。

一体なにが正しい選択だったのか、未だにわからないでいる。

「……先生が私に残したと言っていた手紙には、なにが書かれていたの？」

隼翔から来たメールだ。用心深い百瀬が本当に妃翠宛てに手紙を残していたのだろうか。

「ごめんね、あれは嘘。そう言ったら妃翠ちゃんと会えるかなと思って」

悪びれもせず嘘だと言える神経がわからない。

「父はどこにも妃翠ちゃんがΩだという証拠は残していないよ。あの人はとても責任感が強いから、約束は最後まで守る。ただいくつか散らばったパーツを組み合わせたら、君しか可能性が残っていなかった。それに父が自分の命をかけてまで守るのも、相手が妃翠ちゃんなら納得がいく。そして僕に会わせようとしなかった理由もね」

「……っ、それはあなたがαだから？」

「うーん、それだけじゃないかも。あの人は僕の本質を見抜いていたんだと思うよ。父の高潔さが僕には理解しがたくて、たびたび衝突していたから」

あまり仲が良くなかったとしても、ここまで平然と語れるものなのだろうか。まだ一周忌も済んでいないのに。

妃翠が知らなかった隼翔の危うさがひしひしと肌に伝わってくる。

「それで、僕がいろいろと準備を進めている間に君が婚姻届を出そうとしているのを知って、相手が皇家の御曹司となれば一般人のβであるはずがないと確証を持った。でも本当に二人が一緒に行動しているのかを探るために、麗佳に突撃してもらったんだ。他の人間じゃとても近づけないけど、身内なら抜け道がある。彼女は弟君を偏愛しているからね」

「……！　麗佳さんまで利用していたの」

この男はどこまで引っ掻き回したら気が済むのだろう。

まさか麗佳が乗り込んできたのも隼翔の指示だったとは思わなかった。彼女をそう簡単に動かせるとは思えないが、なにかしらの見返りを与えたのならあり得る話ではある。

――まるで手のひらの上で踊らされているみたい……！

きっとあの隼翔からのメールは開封してはいけなかったのだ。

ホテルを移動した後、妃翠の居場所を探るための仕掛けだったのではないか。ウイルスに感染して、隼翔に居場所が筒抜けになっていたのかもしれない。

——迂闊すぎた……結局私は周囲に迷惑ばかりかけてる……。

隼翔のメールは大雅に相談できないままだった。報告もしていない。すぐにするべきだったのにと後悔が押し寄せる。けれど忙しい彼に、昔馴染みからきたメールが気になったなんてわざわざ言って煩わせたくなかった。

妃翠が今この場所にいることも大雅は知らない。目的地に到着したとき、妃翠の姿がなかったらきっと心配するだろう。

震えそうな脚に力を入れて、真っすぐ隼翔と視線を合わせる。この部屋に閉じ込められたとは限らない。逃げようと思えばきっと逃げられるはずだ。

「そうまでして一体なにが目的なの？」

——会話を続けながら隙を作らなきゃ。

六人の男から逃げきることは不可能に近いが、彼らも下手なことはできないはずだ。大勢に顔が知られている人たちは簡単には問題行動を起こせない。

「僕の……ううん、僕たちの望みはひとつ」

妃翠の前に隼翔が跪いた。

「なに……」

物語の騎士のような行動は少々予想外だ。妃翠は訝しげに隼翔を見下ろす。

「ねえ、妃翠ちゃん。君はこの国で唯一のΩの女性で、最も尊い存在だ。君の本当のバース性がΩであると公表して、この国の女王になってほしい。そして僕たち全員の妻になって」

「は……っ!?」

素っ頓狂な声が出た。

こんなお願いをされたのはもちろん人生で初めてだ。

隼翔に倣《なら》うように、他のα男性たちも妃翠の前で跪く。彼らの、期待と懇願に満ちた眼差しを直視できない。

「……正気？　本当、なに言ってるの。私はΩじゃないし、第一複数の夫なんて持てるはずが……」

「持てるんですよ。Ωは重婚が認められている」

「……っ！」

うっとりとした眼差しを妃翠に向けながら、ドラマや映画の中でしか見たことのない藍沢竜樹が答えた。画面越しに聞いていた声を生で聞いていることに違和感を覚える。

――まさか彼らがそこまで知っているなんて思いたくなかった！

Ωのみ複数の夫を持つことが可能であることは、多くの国民は知らないだろう。妃翠も院長に聞かされる前までは想像したこともなかった。

最後に確認されたΩの女性は十人の夫を持ち子を成したという。

十人目の子を産み落としてから数年後、今からちょうど五十年前に彼女は亡くなっている。自殺なのか病死なのか、事故に巻き込まれたのかはわからない。だが心の病に罹《かか》っていてもおかしくはないと思う。

――五十年前の悲劇を再現しようとしているの？

高潔な医師であった院長なら絶対に認めない提案だ。それを息子である隼翔が懇願してくる。やはり親子と言えど、二人の価値観は決定的に違っていたらしい。

「馬鹿なことを言わないで……あなたは、私の結婚に異議申し立てを申請するほど執着しているくせに、複数の夫を持つことはよしとするの？　意味がわからない」

先ほどからずっと意味がわからなくて頭痛がしそうだ。

気持ち悪さまでこみ上げてくる。この場に大雅がいないことが不安でたまらない。

自分の前に跪いた男たちも、複数の男と共有される未来も、なにもかも、妃翠はひとつも望んでいない。

「うん、僕はそれでいいと思ってるよ。僕だけじゃ大事な妃翠ちゃんを守りきれないけど、他にも優秀な夫が数人いたら十分に君を守ることができるし、生まれてくる子供にはいろんな多才な血が受け継がれる」

「……っ！　そんなの、まるで……」

「最後のΩと同じ？　少し違う、僕たちは絶対に妃翠ちゃんを死なせないから。危険なことからすべて守るし、君が快適に暮らせるように最高の居場所を与えよう。憂いのない楽園のような場所で、君はただ笑って過ごしていたらいい」

それはもはや心を壊しているとも言えるのではないか。

——大雅とは違う。大雅は、私が死を望んだら殺してくれるって約束してくれた。

この人たちは、妃翠が永遠の眠りを望んでも、なんとしてでも延命しようとするだろう。それが利己的な考えだとも思わずに。

自分勝手な願望ばかりをぶつけてくる。なんてひどい男なのだろう。

「それにね、君は知らないかもしれないけど、僕の父は五十年前に亡くなったΩが産んだ子供のひとりだよ。僕にも四分の一、Ωの血が流れているということになる。だから僕なりにΩの幸せについて考えているつもりだ。世間はΩを最下層のバース性だと思っているけど、それは違う。Ωはαを従わせることができる唯一の存在だ。αの上に君臨するのがΩなんだよ。妃翠ちゃんならその女王になれる」

「わ、私はそんなこと望んでいないわ！　第一彼以外の男に触れられるなんて……！」

想像しただけで虫唾《むしず》が走る。それこそ今すぐ舌を噛んで死にたくなるほどに。

——嫌、絶対嫌……大雅以外には触れられたくない。大雅しか欲しくない！

ガタガタと震えが止まらない。ストールの下は鳥肌が立っている。

「……まさかと思っていたけれど、もうあの男を番に選んでしまったのかな。僕たちに横取りされないように、もう彼に印をつけられた？」

隼翔の顔から笑顔が消えた。

顔が整っている男の真顔は心臓に悪い。妃翠の胸がギクリと跳ねた。

妃翠の愛を懇願するように跪いていたのに、隼翔は立ち上がり、一歩、二歩と妃翠に近づいてくる。

「なに……言ってるの。私に番なんているはずないでしょう。私はΩじゃないんだから」

「うん、あくまで君はそう言い張るんだね。それで、Ωじゃないことをどうやって証明するの？　ここにいる彼らたちは皆君がΩだと確信している。そうだよね？」

隼翔と同じように立ち上がった男たちは、その問いに頷いた。

中には妃翠に痛ましい目を向ける者もいるが、庇おうとはしてこない。

「どうか私たちをあなたの夫にしてほしい」

「夢だったんだ。子供の頃からずっと。運命のΩと出会えることが」

「あなたの憂いをすべて晴らしたい。触れるなと言うならその命令にも従いましょう。だけど少しだけ情けが欲しい」

「愛しい女性よ、どうか俺たちを見捨てないでくれ」

芝居めいた口調や懇願する眼差しが現実だとは受け入れたくない。妃翠は目の前がくらくらし始めた。

得ない。

——情けって、見捨てないでって……本当、自分勝手すぎる……！
同情を誘うなんて、情に流されやすいΩの性質をよく知っている。狡猾だと思わざるを得ない。

もしかしたら、彼らの本心かもしれないが、その言葉を受け止めることはできない。妃翠は自分がΩだとは絶対に認めないいし、知り合ったばかりの彼らを信用するつもりもなかった。

「あと一時間ほどで記者会見を予定している。このホテルの別の広間にはもう記者が集まっている頃だ。妃翠ちゃんを皆が待ち望んでいるんだよ。たった数日でシンデレラガールと騒がれるなんてすごいよね。記者会見でΩであることを公表して、僕たちとの結婚に頷くだけでいい。妃翠ちゃんは一言も発さなくていいよ。記者への対応は代わりに僕たちが担うから」

「……信じられない、最低すぎる……！」

まだこれ以上のショックを与えるなんて、ひどすぎる。

数は暴力だ。一対一の話し合いならまだしも、大勢対一ならどちらが優勢かわかりきっている。記者会見に慣れている著名人ですらプレッシャーに耐えられないこともあるというのに、一般人で今までひっそり生きてきた妃翠を無理やり表舞台に引きずり出そうとするなんて。鬼畜すぎるやり方が気に食わない。

――逃げなきゃ！

一刻も早くここから逃げたい。もうこれ以上隼翔たちの話に耳を貸すべきではない。

震えてもつれそうになる足を必死に動かして、扉まで行き、両開きのそれを押した。

だがガタッ、と音が鳴るだけでそれ以上動かない。

引いてもみるが、結果は同じだった。どうも施錠されているようだ。

「なんで……！」

「全部施錠されているよ。誰にも邪魔をされないように、決められた人しか扉を開けないよう頼んであるから。時間がくるまで僕たちもここから出られない」

「ふざけないで！」

出口はもう一か所ある。少し離れた扉へ急いで駆け寄り開けようとするが、やはり施錠されているのを確かめるだけの結果になった。

「ねえ、妃翠ちゃん。いい加減意地を張るのはやめにしよう。君がβだと言い張っても、この場で証明することはできない。でも、Ωの証明はできるよね」

「なにを……」

「まずはそのストールを脱いで、僕たちに首を見せて？　後ろを向いて髪の毛を上げるだけでいい。君がどこまで皇大雅と関係しているのかを確かめたい」

「――っ！」

番の噛み痕は薄れているが、まだ少し残っていた。きっと化粧で誤魔化せるほど薄いが、だからこそ手を抜いていた。

やはり油断するべきではなかったのだ。大雅の祖父宅に行くだけだからと、なにも対策をしなかったことが悔やまれる。

「こんな辱めを受けるなんて思いもしなかった」

扉に背を預けて隼翔を睨みつけた。気弱な姿を見せたら勢いに呑まれてしまう。

「人聞きが悪いな。僕たちはなにも辱めたいわけじゃない」

そう言いつつも精神的に追い詰めるのを止めない。隼翔のこの性格の悪さをどうして幼い自分は見抜けなかったんだろう。

隼翔は小さく嘆息し、「うーん、キリがないな」と呟いた。

彼の呟きに反応した男たちが、妃翠と距離を詰めてくる。

「や、なに!?」

「お願いだから暴れないで」

「怪我をさせたいわけじゃない」

ギュッと抱きしめていたショルダーバッグを振り回そうとして、腕を摑まれた。その隙にストールをずらされ、背に流した髪の毛を摑まれる。

「嫌……ッ！」

抵抗しようと無理やり首を動かしたせいで髪の毛が数本ブチブチと抜けた。後頭部に痛みが走って涙目になる。

複数の男たちの視線がうなじに注がれていた。まだうっすら残る番の証へと。

「ああ……」

「なんてことだ……」

男たちの落胆の声が響いた。番を得たΩに興味が失せたのだろうか。

しかしその落胆を打ち消す悪魔の囁きが落ちてきた。

「番のいるΩが他のαの子を産めないというわけではないよ」

「……っ！」

——悪魔だ……。

「本当か、百瀬」

妃翠を蚊帳《かや》の外にして、αたちが勝手に議論を交わし始める。

妃翠はカーペットに崩れ落ちそうになる身体を必死に踏ん張って支えていた。一度戦意を喪失してしまうと、もう二度と大雅と会えないかもしれない。

——気持ち悪い、気持ち悪いけど……思い通りにはさせるものですか！

Ωだと認めない、彼らとの結婚はあり得ない、記者会見など絶対に出ない。

妃翠がいくら訴えても、世間は著名人の言葉の方を真実ととらえるだろう。妃翠の言葉なんて、公表すらされないかもしれない。

怒りでなんとか身体を奮い立たせていると、扉が数回ノックされた。

「――ッ！」

――まさかもう時間が!?

妃翠の心臓がドクンと跳ねた。

妃翠が背を預けていた扉とは別の扉が開かれる。現れたのは灰色のスーツを着た四十代ぐらいの男性だった。

銀縁眼鏡と七三に分けた髪型から真面目そうな印象を受ける。だが蛇のように光る眼差しに友好的な温度は感じられず、嫌な予感しかしない。

「予定より遅かったですね」

隼翔がにこやかに話しかけた。相手とはどうやら面識があるらしい。

「ええ、少々道が混んでまして。それで、そちらにいる方がΩ疑惑で世間を騒がせているシンデレラガールですか。ガールというにはなかなか……」

自分でも思っていたが他人に指摘されるのは嫌な気分だ。

だがそこであることに気づく。

――っ、銀色のアタッシュケース……！

頭の中で院長の言葉が蘇る。

もし街中で銀色のアタッシュケースを持った人間を見かけたらすぐにその場から離れなさいと言っていた。彼らはΩ保護管理局の観察官の可能性が高いから、と。

――もしかして、この場で簡易的な検査をして、記者会見に連れて行くつもり……!?

口の中が一気に乾いた。喉がカラカラに干上がって、極度の緊張がこみ上げてくる。

Ω保護観察官と思しき男が妃翠に向かって手帳を見せた。まるで警察手帳を見せるように。

「はじめまして、真鶴妃翠さん。お察しの通り、私はΩ保護管理局の観察官をしています百《も》舌《ず》と言います。Ω保護法に基づき、あなたにはこれよりバース性検査を受けてもらいます」

「……っ!」

嫌だ、そんなのに従いたくない。

ここで受けてしまったらもはや逃げ場がなくなってしまう。公的書類はすべて書き換えられて、国の監視下に置かれてしまう。

他国では、Ωに番防止のチョーカーをつけて、身体にマイクロチップを埋め込み、四六時中GPSで居場所を監視している。日本も同様の対応を取られたらどうしよう。

――ここで捕まったら、院長先生に申し訳が立たない。命を危険に晒してずっと私を守ってくれたのに、すべて台無しになってしまう……。

百舌が一歩ずつ妃翠に近づくたびに、絶望の音が大きくなっていく。

どこかに抜け道はなかったか。検査を拒絶できるだけのなにかが。

「さあ、手を出してください。右でも左でもいいですよ。少しチクッとしますがさほど痛みはありません。アメリカの最新検査キットは痛みが少ないのが売りだそうですので」

百舌は近くのテーブルにアタッシュケースを置いて妃翠にさらに近づく。手に持っている検査キットを直視する勇気はない。

「……や、来ないでください……」

気丈に振る舞いたいのに、もはや心が限界だ。涙混じりの声になる。

七人の男を相手にこの場から逃げようとしたら、床に押し倒されてでも阻《はば》まれるかもしれない。恐ろしい予感に襲われてもはや一歩も動けそうにない。

「痛みは一瞬ですので。そんなに怖がらなくて大丈夫です」

真顔で言われても説得力はない。

そんなに言うなら自分が試したらいいじゃない……！　と心の中で叫んだそのとき。妃翠の背後の扉がバンッ！　と開いた。

「俺の嫁に近づくんじゃねえっ！」

背後から逞しい腕に抱き寄せられる。

腹部に回った腕と嗅ぎ慣れた匂い。この場に来てほしくてたまらなかった人だ。

「た、いが……」

——なんでここに？

どうやって居場所がわかったのだろうと疑問が湧くが、それよりも安堵感の方が強い。目頭がじんわりと熱くなってくる。

「妃翠、遅くなって悪かった。大丈夫か？」

大雅が気遣うように妃翠の顔を覗き込みながら優しく声をかけた。弱った心に彼の声がしみていく。

うん、と頷くのは簡単だ。

けれど妃翠は大丈夫じゃなかった。虚勢を張って平気なふりをすることはできそうにない。大雅の前で嘘をつくのも無理だ。

「ううん、だいじょばない……」

涙が溢れそうになる。零れないようにギリギリを維持するので精一杯だ。

妃翠の声を聞いて涙目を見た瞬間、大雅の気配が剣呑なものに変わった。隠しきれない怒りが漏れ出している。

大雅は妃翠に痛ましい視線を向けると、背中に隠して、他の男の視線を遮った。

「もう少しだけ踏ん張れ。こいつらにお前の涙を見せてやる価値はない」

背中越しにかけられた声が頼もしい。そっと大雅の背中に縋りついて頷いた。

泣くときは彼の前でだけ。今はまだ早いのだと、妃翠はグッと腹に力を込める。

――もう大丈夫だって安心するのは早い。大雅が駆けつけてくれただけで、この危機から脱したわけではないのだから……。私がΩでないという証拠を見せなければ、今この場を切り抜けられてもバース性検査からは逃げられない。

大雅が腹の底から唸るような声でこの場にいる全員を問い詰める。

「ひとりの女に男が七人もか。これは拉致でいいよなぁ？　お前ら全員ただで済むと思うなよ」

「……っ」

誰かが息を呑んだ気配がしたが、妃翠には彼らの表情がわからない。

走って来てくれたのだろう。少し汗ばんだ大雅のスーツをギュッと握る。

「邪魔をしないでいただけますか。ちょうど今、彼女にバース性検査を受けてもらうところだったのですよ」

「誰だ、お前」

妃翠は咄嗟に大雅の腕を引っ張り、小声で「Ω保護観察官の百舌さん」と告げた。

「ろくに仕事をしない税金泥棒と言われているΩ保護局の局員か。なんだ、手柄を立てようと必死で、嘘の情報に踊らされてここまで来たというわけか」

「我々は希望者とΩだと疑わしい人物にバース性検査を実施しているだけですよ。確かに日本ではΩが半世紀も現れていない。海外からは日本のΩは絶滅したと言われていますが……なにがなんでも手柄を立てたいなんて野心は持っていません。ですがもし真鶴さんがΩであれば、国が保護しなくてはなりません」

「Ωであれば、か。残念だが妃翠はβだ。よって保護局が出る幕はない。無駄足だったな」

「それを証明するために、今から彼女に検査を受けてもらうところなのですよ」

「断る」

大雅がきっぱりと拒絶した。

あまりに堂々と言うものだから、思わず妃翠は啞然として彼の横顔を確認する。

——え、αが言えばまかり通るものなの？　もしかして上級αの特権とか……？

目をぱちくりさせていると、冷静沈着な百舌の気配がわずかに苛立つのを感じた。

「認められません。すべての国民は我々保護観察官の要請に従い、検査を受ける義務がある。これ以上妨害するのであれば強硬手段を取らざるを得なくなりますが？」

「例外があるだろう。対象者が既婚者の場合は対象者と配偶者、双方から合意を得なくてはならない。すでに家庭を持っている場合、さすがに離婚まではさせられないからな。お前たちの目的はΩの保護の他に、αの番選びもあるんだろう」

「……彼女は独身です。よって任意にはならない」

百舌の言葉に緊張感が混ざっている。

──え、まさか……？

妃翠もようやく大雅が堂々と反論している理由に思い至った。固唾を呑んで彼の言葉の続きを待つ。

「ああ、独身だったぜ。さっきまではな」

ポケットからスマホを取りだして操作し始める。

『……はい、皇家の捺印及び当主名代のサインを確認しました。こちらの婚姻届を受理させていただきます』

『悪いが名前を読み上げてもらえるか。誰と誰の婚姻か』

『え？　あ、はい……皇大雅様、真鶴妃翠様の婚姻届ですね……ご結婚おめでとうございます』

『ありがとう』

パチパチと控えめな拍手が響いたところで動画が止まった。

妃翠には音声しか届いていなかったが、役所の職員はさぞ戸惑っていたことだろう。動画撮影をしながら婚姻届を受理させる人間はそう多くはないはずだ。

──え、え？　わざわざこんなトラブルになる可能性を見越して動画を撮ってたの？　だとしたら用意周到すぎるのでは……？

結婚したという実感はまだ湧かない。だが、今のは確かに、用意していた婚姻届が受理された証拠だ。

大雅の祖父宅に赴いて結婚の許しをもらう予定ではなかったのか。一体いつ皇家当主代理の捺印やサインをもらったのだろう。

皆が呆気にとられる中、いち早く我に返ったのは隼翔だった。

「あり得ない、僕は君と妃翠ちゃんの結婚を許可していない」

「ああ？　なんでお前の許可がいる。小賢しく異議申し立てなんぞ申請していたのはお前だな、百瀬隼翔。知らないようだから教えてやるが、あれは一度目の婚姻届を保留にさせる効力はあっても、一定期間が過ぎれば無効になる。確か二週間だったか。二度目も保留にさせる効力はないし、異議申し立ての申請者には一度しか連絡がいかない。詰めが甘かったな」

「なんだって？　まだ二週間も経っていないはずだ」

「まさか皇家の当主代理のサインになんの効力もないと思っているのか？　そんなに真面目に待っていられるか、ごり押しさせたに決まってんだろう。せっかく権力を持ってるのに、惚れた女を守るために使わなくていつ使うっていうんだ」

――……っ！

妃翠の胸がギュッと摑まれた。皇家の権力がどれほどのものなのかはわからないし、そんなことをさせてしまったことに申し訳なさも感じるが、大雅から「惚れた女を守るため」と言われたことが嬉しい。胸の鼓動が激しいくらいにドキドキと高鳴っている。

——好き、もう私の方こそ大雅に惚れてる……。

隠しきれない感情が溢れてきそうだ。妃翠が知らない間に大雅は駆け回ってくれていたのだろう。

彼の真摯な態度と裏表のない発言が、頑なだった妃翠の心を完全に溶かしていた。

「そういうわけだ。俺の妻にもう二度と近づくんじゃねえ。妃翠はβだ、Ωじゃない。よって重婚も認められない。わかったな！」

「じゃあ妃翠ちゃんの首の噛み痕はどう説明するんだ。君が噛んだんだろう。無理やり番にしたのか」

隼翔の苦し紛れの反論に大雅は鼻で笑った。

「恋人同士のプレイの一環だ。そんぐらい誰だってするだろう」

妃翠はそうなのだろうかと疑問を抱いたが、経験値が少ないためなんとも言えない。しかし、こんな場所で堂々とプレイだなんて、言い過ぎではないだろうか。

「お前が麗佳を利用したのも、妃翠の写真を無断でネットに流したのも把握済みだ。言い逃れはするなよ、次は殺すぞ」

「……っ！」

この場にいる全員が息を呑んだ。妃翠も抑えていた怯えが蘇ってくる。

だがこれ以上悠長にこの場にいるべきではない。隼翔の言葉通りなら、記者会見が開かれる予定なのだから。

「大雅……」

妃翠に声をかけられて大雅は振り返った。今の今まで険しい気配を漂わせていたのに、すぐに彼の眼差しに甘さが混じる。

「ああ、もう用はないな。さっさと逃げるか。だが足止めは必要だな……」

足止めとはなんだろう。

大雅はふたたび妃翠を背中に隠すと、彼に視線を向ける七人の男たちの目をそれぞれ見つめてから命じた。

「五分眠れ」

その直後、どさりと大きな音がした。

大雅の背中の陰にいた妃翠にはなにが起こったのかわからないが、突然の物音は心臓に悪い。

「え、なに？　なに!?」

「今のうちに逃げるぞ。走れるか」

妃翠の手を握って大雅が扉を開いた。記者たちが来ているのではと思ったが、記者会見の会場はこの部屋から遠い場所にあるのか、思いのほか人はまばらだ。

「待って、これ貸衣装……！」

妃翠が着ていた洋服と靴も預けたままだ。

大雅は小さく舌打ちし、「どっちだ」とブティックの場所を尋ね、すぐさまそちらに向かう。ブティックに着き、私物が入った紙袋を妃翠が受け取っている間に大雅はドレスと靴を買い取っていた。

大至急と詰め寄る大雅の気迫に圧された店員に急いで手続きをしてもらい、それからホテルの裏口に停めていた車に乗り込む。

「じいさんのところへ急ぐぞ」

「かしこまりました」

車の運転手は白鳥ではない。妃翠の知らない男性のようだ。

リムジンのように運転席と後部座席にしきりができており、スライド式の窓を閉じてしまうと後部座席は完全なプライベート空間となった。

車が発車してしばらく経ってからようやく安堵の息が漏れる。

「……誰にも追われてない？」

「ああ、誰も追ってきていない。安心して大丈夫だ」

「よかった……」

隣に座る大雅に手を取られる。指を絡まされ安心させるような微笑を向けられれば、ずっと我慢していた感情が溢れそうだ。

「大雅……抱き着いてもいい？」

指だけでは満足できない。全身で彼の温もりを感じたい。

妃翠が大雅の表情を窺うと、彼はすぐに腕を広げた。

「来いよ」

傲慢な台詞なのに甘く響く。大雅の声で囁かれるだけで愛しさが増す。

「スモークガラスだから外からは見えないし、運転席にも声は届かない」

車が赤信号で停止したと同時にシートベルトを外し、遠慮なく彼の膝を跨ぐように座った。正面から思い切り大雅に抱き着く。

「大雅……」

「怖かったな、もう大丈夫だ」

背中に回った腕に力が込められた。服越しに彼の鼓動まで感じられそうだ。

その優しい囁きと温もりに後押しされるように、妃翠の頬に涙が伝う。我慢していた緊張が一気に解かれて、大雅に縋りつく。

「こ、わかった……っ。車、勝手にちがうところに行くし、着替えさせられるし、連れて行かれたところにαの男性が何人も……」

幼い頃に慕っていた隼翔とは話が通じず、夫候補を紹介された。妃翠の知らない間に彼に執着されていて、何人もの男と妃翠を共有することを、おかしいことではないと言われた。徹底的に価値観が合わず、頭がおかしいとしか思えなかった。

妃翠が泣きながら大雅にたどたどしく説明する。ずっと背中をさすってくれる手に気遣いが感じられた。

「私、女王になることなんて望んでいないし、言っていることがわからなくて……記者会見まで、ってひどい。みんな嫌い……怖い」

「どうりで麗佳と馬が合うはずだな、クソ野郎が」

大雅の呟きが落とされた。確かに、隼翔の異常さと強引さは麗佳と似ているところがある。

「よく頑張った、妃翠。もう好きなだけ泣いていい。俺の胸はいつだって貸してやる」

男前な発言だ。大雅の胸はいつも温かい。

きっと化粧が落ちてひどい顔になっているだろう。そんな顔を晒すことを少しだけ恥ずかしく思いながら、妃翠は大雅の首に強く抱き着いた。

「……大雅しかいらない。私の夫は大雅だけがいい。他の男性に触れられるなんて絶対に嫌……」

「触れさせねえよ。俺だって他の男と嫁を共有するなど冗談じゃない。考えただけで反吐が出る。お前は俺だけを知っていればいいし、俺にだけ愛されればいい」

「……愛してくれるの？」

大雅の気持ちを疑っているわけではないが、今まできちんと愛していると言われたことがない。

大雅は妃翠の涙の痕を指で拭い、目を見つめながら答える。

「もちろんだ。俺が愛しているのは妃翠だけ。この先もずっと、俺を傅《かしず》かせることができるのもお前だけだ。お前は俺だけの番でいればいい」

「私も……大雅だけが好き。ずっと大雅に愛されたい」

そして妃翠も彼の愛にきちんと返したい。受け取るだけではなく、彼の心を満たせるように同等の愛を与えたい。

自然と唇が近づいていく。何度目になるかわからないキスは少し涙の味がした。

はじめから深い繋がりを求めたキスは心の奥まで満たしていく。言葉を交わさなくても相手の気持ちが手に取るように伝わってきた。

孤独で寂しくて、時機が来たらひとりで死ぬことを考えていた妃翠を強引に救い上げてくれたのは大雅だ。憤りを感じることもあったけれど、手を放さずにいてくれて本当によかったと思う。

大雅と一緒なら安心できる。ずっと欲しかった居場所は彼の傍だ。

「ん……っ」

角度を変えて何度も互いの唇をすり合わせて、舌を絡める。きっと彼の唇は妃翠のルージュで色づいていることだろう。

「大雅……」

彼の香りをもっと深く吸い込みたくて、妃翠は無意識に彼の首筋に鼻をこすりつけていた。そのまま何度もキスを落とし、歯型がつかない程度に甘噛みをする。

「……っ、妃翠待て……そんなに可愛いことをされたら我慢できなくなる」

「我慢なんていらない……」

形のいい耳もおいしそうだ。

彼のフェロモンに引き寄せられるように、妃翠は欲望のまま大雅の耳を食んだ。舌先でチロチロと舐めながら、手は大雅の引き締まった身体をまさぐっている。身体の熱が上がり、お腹の奥がずくずく疼き出した。

「妃翠……ッ」

今すぐ欲しい。大雅の熱を身体の中から感じたい。

妃翠は口内に溜まった唾液をごくりと飲み込んで、熱に浮かされた目を向ける。

「ダメ？　今すぐ大雅が欲しい……」

「……っ！　ああ、クソ、可愛すぎる……」

独り言のように大雅が呟いた直後、妃翠が身に着けていたストールは脇へポイッと投げ捨てられた。ホルターネックのドレスは背中が大きく開いているが、大雅の手に触れられているので寒さを感じない。

「……これ、ブラはどうなっているんだ」

「つけてないよ」

「な……っ」

不埒な手が背中から脇を通って妃翠の胸にたどり着く。ドレスにカップが縫い込まれているので下着は不要だが、無防備には違いない。

「エロい。こんなすぐに脱がせられるなんて、無防備にもほどがある」

そう言いながら大雅は迷いなくホルターネックのリボンを解いた。胸元が開放されて、日焼け知らずの白い肌が彼の前に晒される。

「あ……っ」

「どこに触れてほしいんだ？」

行為の前、大雅は妃翠に要望を言わせるのが好きだ。触ってほしい場所を言わせたり、もっと欲しいと言わせるのを楽しんでいる。

少し前までは自分の願いを言うのを躊躇っていたが、今は恥ずかしさより欲望が勝った。

「全部……全部触ってほしい」

「欲張りな女になったな」

そうさせたのは大雅だ。だが自分が彼の色に染まっているのだと思うと、なんとも言えない高揚感がこみ上げてきた。

胸に触れられるだけで気持ちがいい。指先で赤い実をクリクリと転がされる。

「ん……あぁ……」

感じるままに声を上げることがないように口を閉じた。いくらスモークガラスで外から見えず、防音対策がなされていると言ってもリスクはある。だが、見られるかもしれない、聞かれるかもしれないというのは妃翠の官能を高めるスパイスになっていた。

「全部は脱がせないから安心しろ。ここではこれが限界だな」

胸の谷間に唇を寄せながら大雅が呟く。しかし妃翠の欲望はまだまだ満たされそうにない。

――もっとお腹の奥まで満たされたいのに……。

大雅の理性も吹き飛んでしまえばいい。だが、全力で襲われるのは怖いので、半分くらいで。

「っ！　ちょっ、待った。こら妃翠……！」

「私は大雅と繋がりたいの……ダメ？」

ベルトを外してスラックスのファスナーを慎重に下げる。彼の雄はすでに硬く反応していた。

自分から触ったことなど一度もないのに、今の妃翠は何故か無敵だった。暴走していると言っても過言ではない。

「ここじゃ動けないぞ。危ないから最後までは……っ」

戸惑う大雅をキスで封じ、ドレスの裾を持ちあげて下着をずらす。思った通り秘所からはとろとろした蜜が溢れていた。

これなら指で拡げなくても問題ないだろう。少し引きつれたような痛みがあるかもしれないが、きっとそれもすぐに気にならなくなる。

「……ッ！　妃翠」

「ン……ッ、大雅……」

ズプ……と大雅の楔が泥濘に沈んでいく。

覚悟していた痛みもなく、妃翠は自重で深く呑み込んでしまった。

「あぁ……ン、温かくて気持ちいい……」

「クソ、生殺しだ……妃翠の匂いが充満してこっちこそ理性が飛びそうになる」

大雅が深く息を吐いた。苦しそうに見えるが、彼の柘榴色の目も情欲で怪しく光っている。

だが車は走行中だ。激しい動きは危険すぎる。

車が信号で停止したときにもし妙な振動が伝わっていたら、不審車として止められても

おかしくない。大雅は悪態をつきながらもなけなしの理性を総動員していた。

「……このまま突き上げてやりたいが、今は挿れただけで我慢してくれ。後で二人きりになったら女王様のお望み通りに可愛がってやるから」

「うん……ありがとう。今は我慢する……」

と言いつつも無意識に膣は収縮し、大雅の精を搾り取ろうとする。彼の精を受け止めたいと本能が訴えているのだろう。

「到着するまでもう少しだけ、このまま中にいてほしい……」

本当はずっと大雅の存在を感じていたい。けれどそれが無理なことくらいわかっている。

大雅はきつく眉根を寄せた。理性と欲望が葛藤しているようだ。

「俺の番が恐ろしい……」

常に強気なαの帝王が慄く。

その姿すら妃翠は愛おしく感じていた。

第七章

妃翠と大雅を乗せた車が到着したのは箱根にある旅館だった。

車が到着する頃には妃翠も我に返り、自分の痴態を深く反省していた。大雅をうろたえさせたのは初めてだ。自分から跨がって彼の楔が出て行こうとするのを阻止するなど、相当な負担になっていただろう。

車内で軽く化粧直しをして何事もなかったかのように身なりを整えているが、気を抜くと先ほどの光景が蘇ってきそうだ。

「あの、ところでなんで箱根の旅館なの？　大雅のおじい様の家に行くんじゃ」

「それを道中説明しておこうと思ったんだが……、まあいい。簡単に言うと、年寄りの気まぐれだ」

あまりにも簡単すぎではないだろうか。

――説明になっていないけど、私が捕まっている間に接触があったのかな？

「年寄りはせっかちで困る。まあそのおかげで早く婚姻届に当主名代のサインがもらえたんだが……。箱根に宿を取ったと言ってこっちに呼び寄せられたというわけだ」

妃翠の居場所は大雅に持たされているスマホのGPSから辿ることができたそうだ。すぐにでも向かいたかったが、もし妃翠の傍にΩ保護局の関係者がいるとすれば、唯一の抜け道である婚姻届を出さないと詰んでしまうため、先に祖父のもとに向かった。

「夫婦になっていなかったら、あの場で私は保護局に連れ去られていただろうから、婚姻届を優先してくれてよかったわ。わざわざこちらに来てくれたおじい様にもお礼を言わないと」

「………そうだな」

少々間が長かったが、大雅も恩を感じているのだろう。妃翠の手をギュッと握りしめてきた。

老舗旅館の一室に案内される。こんなに見事な庭園を眺めながら散策ができたらさぞや気持ちが良いだろう
——どうしよう、緊張してきた……なんて挨拶をしたらいいんだっけ。余計なことは言わず、大雅の説明に任せた方がいいのかな？　でももうほとんど説明済みかも……。

ぐるぐる考えているうちに、中から扉が開かれた。お付きの人だろうか、体格のいいスーツ姿の男性だ。

「お待ちしておりました。中へどうぞ」

広々とした和室には、浴衣を着崩した老人が堂々と待ち構えていた。佇まいからして間違いなく、大雅の祖父だろう。

「風呂上りか、じじい」

「やることないんだもんよ、そりゃ温泉くらい入るわい」

好々爺《こうこうや》といった印象だ。八十を過ぎているそうだが、溌剌《はつらつ》としていて元気そうだ。

大雅に促されるまま席に着く。隣にどっしり座る大雅が頼もしく見えた。

「こちらのお嬢さんが大雅の嫁かの」

「そうだ、真鶴妃翠だ。もう入籍したから皇姓だが」

「は、はじめまして。妃翠と申します。この度はいろいろとご尽力いただきありがとうございました。おかげで無事に大雅さんと入籍できました。本来であれば先にご挨拶をしなければいけないところを申し訳ありません」

「なに、気にしなさんな。不肖の孫がようやく結婚したい女性ができたとわしに言ってきたんだ。このチャンスを逃したら一生独身だと思っていたからの。こちらこそ孫を選んでくれてありがとう」

そんなふうに礼を言われるとは思わず、妃翠は恐縮しきりで頭を下げた。麗佳のときのように敵意を向けられなくてよかったと安堵する。

――おじい様は苛烈な感じがしない……じゃあ麗佳さんの強烈な性格は誰似なのかしら。

皇首相もαだが苛烈とまでは言えない。βとの結婚を許したことからしても、大雅が言っていたように大雅の祖父もα至上主義ではないのだろう。

「まあしかし、よほどの事情があるんだろうとは思っていたが、まさか大雅が番を得ようとは……喜ばしいな」

「……っ！」

妃翠は目を丸くして息を呑んだ。大雅は詳しいことは話していないと言っていたが、独自に情報を入手していたのだろうか。

「なにを言っているんだ」

「わしに隠しても無駄だぞ。妃翠さんはΩじゃろう。ああ、人払いをしているから安心せい。盗み聞きをされることもなければ、盗聴器の類も仕掛けられていないのは確認済みだ」

なんて答えたらいいのかわからず、妃翠は口を閉ざした。日常的に盗聴器に気を配らなければいけないとは、特権階級のαは大変な世界で生きている。

大雅は小さく嘆息し、観念したように「何故わかった」と問いかけた。

「一目見たらすぐわかる。わしの最初の妻もΩだったからな」

「……ッ！」

今度は大雅が息を呑んだ。その様子から大雅もその事実を知らなかったのだと悟る。

「……死んだばあさんは後妻だったのか？」

「そうじゃ、子には恵まれなかったがな」

大雅の祖父は、五十年前に亡くなった最後のΩの一番目の夫だったそうだ。

彼女の名は鴫宮《しぎみや》小夜子《さよこ》。古くから続く地方旧家の出身で、鴫宮家の末娘として生まれたが十五歳でΩだと診断され十六歳で皇家に嫁ぐことになった。だが、彼女を保護していた国はよりよい遺伝子を継承させるために、重婚を強要したという。

「……わしは一目で小夜子が運命の番だとわかったよ。それは小夜子の方も同じじゃった。しかし、国から他にもαの夫を持つように言われてな……小夜子は誰とも番にならないことを選択したんじゃ」

「……何故ですか？　番になったらなにかが変わるんでしょうか」

妃翠は思わず問いかけた。心の結びつきは確実に強まるし発情時のフェロモンも番にしか影響しなくなるらしいが、他にも知らない作用があるのかもしれない。

「わからぬ、それはわしより二人の方がよくわかるだろう。小夜子は自分が番を得たら、役目を全うできないと言っていた。複数の夫に愛されることを拒絶してしまうだろうと。

Ωは慈悲深いという特性がある。孤独なαが懇願し、縋り寄ってきたら無下にはできん。誰も選ばないことで平等に愛を与え、それぞれの夫たちも彼女を愛した。国はΩの性質を理解し、利用したのじゃ。運よく次代のΩが産まれたらいいと考えてな」

「じいさんはそれでよかったのか？　愛する女を独り占めしたいとは思わなかったのか」

「当然、そう思っていたさ。だがな、小夜子が平等を願い、夫となった男たちも彼女へ持てるだけの愛を与えた。小夜子が病死するまでな……。いささか早すぎる死じゃった。まだ三十になったばかり。美人薄命というのはよう言ったものじゃ」

——自殺でも他殺でもなかったのね……。

不幸な死を迎えたものだとばかり思っていたが、そうではなかったようだ。それぞれの夫から愛されていたのだとしたら、それが歪な形だとしても小夜子が不幸だったとは言えないかもしれない。

「Ωの願いはαの望みじゃ。一般的に世界の頂点に君臨するのはαだと言われているが、それは違う。Ωはαの上に立つ。αはΩに愛を乞う奴隷じゃよ。慈悲深く献身的で、清らかな存在には惹かれずにいられん」

「αはΩの愛の奴隷か。確かにその通りだ」

大雅が愉悦の混じった笑みを浮かべた。

妃翠の手を持ちあげ、その指先にキスを落とす。

「っ！」

「なんでも俺に命じろよ。お前の望みは俺がすべて叶えてやる」

「え……！」

甘い眼差しを向けられて、妃翠の顔にじりじりと熱が集まってきた。

その光景を見ていた大雅の祖父が楽しげに笑う。

「傲慢でクソ生意気な孫がこうまで変わるとは、やはり愛は人を変えるんじゃのぉ。もうひとりの孫はそうはいかんかったが」

「麗佳か。あいつがΩだったら自ら望んで重婚を希望し、男どもを侍らせていただろうな。優秀なαの遺伝子を複数望んでなにが悪いと言い切る女だ」

「その通りじゃが……結婚したら変わるかと思ったんだがなぁ。嫁いでも変わらないとなると少しお灸《きゅう》を据えんと。妃翠さんにも迷惑をかけたとか。すまないの」

「え、いえ……少し驚きましたが、お美しいお孫さんでした」

「美しい？　あの毒蜂のような女がか？　妃翠、眼科に行くならついて行くぞ」

「己こそが女王になり得る者だと疑わない愚かな孫娘じゃ。二度と関わらないようにするからの、安心しなさい」

——すごい言いよう……！　身内も麗佳さんを持て余していたとしか思えないけどちょっと可哀想……。

ふと隼翔のことが蘇る。彼が麗佳と繋がりがあったのは意外だったが、彼は他にも新たな情報を与えてくれていた。

「そうだわ、隼翔君が、百瀬院長もΩの息子だと言っていた……」

「なに？」

大雅が眉根を寄せた。彼にとっても初耳だったのだろう。小夜子に関することは秘匿されていることの方が多い。

「百瀬？　ああ、それなら九番目に生まれた百瀬貴人君か。慈悲深く聡明で、Ωに寄り添える医師になりたいと言っていたな。久しく連絡を取っていないが」

「……ごめんなさい、院長はもう……」

裏社会の人間に連れ去られた現場を目撃してしまったこと、その後院内で心筋梗塞で突然死していたらしいことを説明した。Ωと関わらなければ彼の人生はもっと長く続いていただろうし、死後にSNSで不名誉な噂が流れることもなかったはずだ。

何度後悔してもしきれない。頼るばかりで、自分はどのくらい院長に恩を返せただろう。

「そうか……そうだったか。あまり自分を責めなさんな。親のように慕っていたのなら、貴人君にとっても君は娘同然だったんじゃろう。親が娘を守りぬいただけじゃ、立派な人生だとわしは思う」

慰めの言葉をかけられると涙腺《るいせん》がふたたび緩みそうだ。

妃翠は「ありがとうございます」と礼を言った。亡くなった人に償うことはできないが、自分の命はもう粗末に扱ってはいけないと思う。

――Ωだとわかって、望まない妊娠をするかもしれないことに怯えて、子宮なんていらないって院長に泣いて縋ったのも、ついこの間のことみたい……いつか愛する人ができて子供が欲しいと思える日が来るかもしれないと言ってくれたっけ。

子供は授かりものだから、妃翠がΩでもできないかもしれない。だけど、いつか大雅の子が産めたら嬉しい。今はそう素直に思えるようになっていた。

「散々邪魔されて引っ掻き回されたからな、百瀬隼翔は気に食わんが父親は妃翠の恩人か。しかし麗佳といい百瀬隼翔といい、なんで孫世代にこうも粘着質な奴らが現れるんだ」

「……つまり大雅と隼翔君は親戚ってこと?」

大雅が苦虫を嚙み潰したような顔をした。彼も今気づいたようだ。

「……他のΩの子孫たちはまともであってほしいところだが、俺からは積極的に調べないことにする。知ったところで近づくつもりもないしな」

「それでよい。知りたくなったらわしに尋ねればいい。情報料はもらうがな」

「じじい、がめついぞ」

二人の軽口を聞いていると、妃翠の気持ちも落ち着いてきた。いろいろありすぎて感情の波が激しくなっている。

――いったんひとりで落ち着こう。ちゃんと化粧直しもしたいし……。

化粧室の使用を告げて立ち上がる。少しだけ足が痺れていたことに気づかれていなければいいなと思いながら、妃翠は二人に背を向けた。

❀ ❀ ❀

妃翠が席を外した直後、大雅は隣の部屋にあるテレビに目を向けた。

「じいさん、テレビつけるぞ。確認したいことがある」

「ああ、構わん」

チャンネルを次々に変えていく。念のためテレビの番組表をザッと確認してから電源を切った。

「記者会見はされていないし混乱はなさそうだな。あとはΩの存在にどう収拾をつけるかだが」

「勘違いだったとさせるしかあるまい。まあ今回は災難だったな。お前の詰めの甘さもあるが、SNSで拡散というのは想像以上に性質が悪い。嫌な世の中になったの」

「まったくだ、百瀬隼翔の動向は引き続き監視が必要だな」

既婚者の妃翠には手を出さないと思いたいが、そう楽観的になってもいられない。なにせαの男たちと数人でΩを共有したらいいと言っていたくらいだ。またどこで妃翠と接触を図り、バース性検査を受けさせようとするかわからない。

——させるかよ。妃翠を共有なんて冗談じゃねえ。社会的に殺してやりたいところだが、しばらくは監視が妥当か。

怪しい行動をしたらすぐに始末できるくらい、準備は進めておくべきだ。そのときが来たら、きっと大雅は容赦しない。

「それで、妃翠さんのことはどうするつもりじゃ？　お前のことだ、多少この騒動を利用して彼女を強引に手に入れたんじゃろう」

「その通りだが人聞きの悪い言い方だな。使えるものを使ってなにが悪い」

「それでこそわしの孫じゃ」

大雅の祖父、清鷹は一見好々爺然とした老人だが、時折目の奥が笑っていないことを大雅は知っている。

食えないじじいだと思いながら、大雅は妃翠が知らない真相を思い返していた。

百瀬隼翔が妃翠に接触を図るとしたら、彼女がひとりになったときを狙うしかない。だから、車を二台に分けて祖父宅に行くという情報を事前に白鳥に流させていた。案の定、麗佳の息がかかった大雅の護衛から隼翔に情報が伝わり、妃翠はまんまと隼翔が手配した車に乗せられた。

隼翔がなにを企んでいるのか予測がついていたため、大雅は近くにまで呼び寄せていた清鷹に皇家当主の捺印をさせて当主名代としてサインもさせた後、婚姻届を役所に提出した。その間妃翠の護衛は連れ去られたホテル内に待機させておいた。

妃翠にはスマホのGPSを辿ったと告げたが、実はそれだけではない。彼女が身に着けていたアクセサリーや、ートバッグに潜めたボールペンなどに、GPSと盗聴機能を兼ね揃えたものを仕込んでいた。アクセサリーは着替えとともに外されてしまったが、バッグに仕込んだものはそのままだったので、なにが起こっていたかは把握していた。

その場に早く駆けつけたい気持ちと腸が煮えくり返る思いに耐えながら、婚姻届を受理させたのだ。証拠の写真だけでは弱いと判断し、動画まで撮影して。もちろん、撮影者は白鳥である。

——妃翠を手に入れるために彼女本人すら利用したんだから、真相を知られたらしばらく口をきいてくれないかもしれんな。

複数の男に詰め寄られてどれほどの恐怖を味わっただろう。想像するだけで痛ましい気持ちになるが、それと同じくらい大雅の心は愉悦で満たされている。

怖がれば怖がるほど、妃翠は大雅に救いを求める。恐怖心を溶かして安堵を与え、もう大丈夫だと囁くだけで彼女は完全に大雅に堕ちた。

——俺の傍にいたら安心だ、怖いことは二度と起こらない。そうやって依存させるのが目的でもあったが、思った以上の成果があったな。

まさか妃翠から大雅を欲して、車の中であんなにも淫らに振る舞うとは思ってもいなかった。嬉しい誤算だったが、生殺し状態ではあった。車の振動と膣壁の収縮だけで持って行かれそうなほどに。

食われたのは大雅の方……少々情けなくもあるが、今宵の初夜では存分に彼女を貪ればいい。

「悪い顔をしているな。妃翠さんが見たら逃げるんじゃないか？」

「もうとっくに俺の性格なんてバレている。嫌な奴からのスタートだったんだ、あとは上がるだけだろう。目論見通り、あいつはもう俺の傍から離れない。名実ともに夫婦にもなったしな」

「……まさか監禁でもするつもりか？」

「無理やり閉じ込める真似はしない。俺はあくまでも妃翠が望んだことに従うが、いくつかのオプションを提示して選ばせようと思っている。忙しなく人が多い都心を離れて、しばらくのんびり島暮らしでも楽しまないか、とな。海が綺麗な場所なら妃翠も喜ぶし、百瀬隼翔も近づけない」

「無人島にでも連れて行く気じゃないだろうな」

「じいさんが所有している島があるだろう。生前贈与で譲ってほしい。ついこの間のヴァカンスも本当はそっちに滞在していたんだろう？」

「……わしの側近しか知らないはずが、なんでバレているのやら……。良い、好きに使え。ライフラインはすべて整っているし、あの島にαは住んでおらん。のんびり過ごすにはうってつけの場所じゃ。とはいえ、お前の仕事はどうする」

「ネット環境が整っていれば問題ないだろう。だがそうだな、そろそろ飽きてきた頃でもあるから、じいさんから受け継いだ社外取締役はそのままにするとして、起業した会社は時機を見て売るか」

「お前は本当に飽き性じゃな……まあ、好きにせい。また新しいビジネスでも始めたらいい。妃翠さんには飽きるんじゃないぞ」

「不思議とあいつには飽きないという確信がある。じいさんが言った通り、死ぬ瞬間まで愛の奴隷でいる覚悟はできている」

甲斐甲斐しく世話を焼きたいし望みはなんでも叶えてやりたい。そんな願望を抱いた時点で、もう心底惚れていたのだろう。

孤独を感じていたのは大雅も同じ。番を得てから、どれだけ自分が飢えていたのかを知った。空腹に似た飢餓感が満たされていく感覚を味わってしまえば、もう二度と愛の味を手放すことなどできない。

――どろどろに愛して、離れたいなどと思わせないようにしてやる。だが人の心は慣れやすいから、俺のもとが一番安全なのだと繰り返し再確認させられたらいい。

胸の中で泣いて怯える妃翠を慰めるのは自分だけの役目であり、満たされる瞬間だ。濡れた瞳で見上げてもらえる瞬間、たまらなく愛おしくなる。

──ああ、もう一度泣かせて、声が掠れるまで啼かせてやりたい。

守りたいのに傷つけたいとも思うなんてどうかしている。

だが妃翠が大雅のもとから離れなければいいだけ。自立を望んで、大雅の檻から出ようとしなければ怖い思いをさせることはない。

そんな大雅の考えを見透かしたように、清鷹は小さく溜息を吐いた。

❀　❀　❀

日が暮れる前に、妃翠は大雅の自宅に到着した。もちろん大雅と二人でだ。大雅にとっては久しぶりの帰宅らしいが、不在中もハウスキーパーが入っていたようで、部屋は綺麗に保たれている。

食事を終えて身体を清めると、ようやく二人の夜がやってくる。

「昼間はよくも俺をあんなふうに食ってくれたな。お望み通り、今夜はたっぷりお返ししてやるよ」

大雅がパジャマ姿の妃翠をベッドに押し倒した。妃翠の反応を窺う前にパジャマのボタンを外し始める。

「あの、大雅待って……」

「待たない。っていうかもう散々待っただろう」

あっという間にボタンをすべて外された。こうなることを見越してナイトブラはつけていないのだが……。

「なんか、さっきから身体が熱くて……お腹の奥がずくずくする」

「……風邪じゃないよな？」

「違う。というより、予定より少し早く発情期《ヒート》が来ちゃったみたい……」

生理周期を管理するアプリでは排卵予定まであと二日残っていたはずだが、そういえば大雅にスマホを預けてからチェックしていない。もしかして記憶違いだったのだろうか。ピルを飲んでいるためほとんど周期が乱れたことはないが、ストレスの影響もあるのかもしれない。

――気のせいだと思いたかったけど、これはもう間違いない。

慣れ親しんだ感覚……とは言いたくないが、毎月必ずやってくるものだ。先月まではこの時点で抑制剤を飲んでひたすら寝て耐えていた。

だが、妃翠の抑制剤はもう手元にない。大雅に捨てられてしまったから。

子宮が強く収縮する。お腹の奥から疼きを訴え、体温を上昇させていく。

「はぁ……大雅、熱いの……はやくほしい、ちょうだい……？」

「グッ……、急に匂いが濃くなった。これは本当に発情期だな、下手すれば前のように俺も持って行かれそうだ」

ひとりだけ理性を保ったままというのはずるい。大雅もΩのフェロモンにあてられて、我慢せずに発情してしまえばいいのに。

——いっそ押し倒してしまいたい。

彼の衣服をすべて剝いて、素肌をまさぐりたい。互いの体温を早く感じ取りたい。

その願いが伝わったのだろう。大雅の目の奥に浮かぶ情欲の色が濃くなった。

「……散々焦らしてやろうと思ったが、やめた。お前が満足するまでいくらでも付き合ってやる」

「うん……」

欲しい言葉をもらえた直後、大雅の唇が重なった。彼とのキスはいつだって柔らかくて甘い。キスをされるだけで胸がいっぱいになるように感じ始めたのはいつ頃からだったか。

——嬉しい、もっと……。

妃翠が唇を開いたと同時に大雅の舌が口内に入り込んだ。言葉にしなくても欲しいものをくれるのが心地いい。

——いつも以上にキスが甘い……媚薬を飲んでいるみたい……。

身体の神経が昂っている。大雅から与えられるキスも手のひらでの愛撫も、すべて敏感に感じ取ってしまう。

発情中の番同士のセックスは最高の快感を得られるという話を聞いたことがあるが、一度目のときはほとんど覚えていない。獣のように貪り合ってしまっただけ。

理性を失うという状態に初めて陥った後は少し恐怖すら感じた。自分が自分でいられない、制御の利かない欲望が際限なく湧き上がってくる。そんな暴走した状態になるなんて想像もしていなかった。

だが今は、欲しいものが得られるのが心地いいと感じている。早く淫らに交わり合いたい。

妃翠の顔も身体もとっくに火照っている。紅潮した頬と情欲に濡れた瞳で大雅を誘う。

「はぁ……ッ、めちゃくちゃに抱いて孕ませたい」

唇を離した大雅が妃翠の目を見つめながら呟いた。彼の柘榴色の目も妖しい煌めきを放っている。その瞳の奥に獰猛なαの本性を見つけて、妃翠の子宮がズクンと疼いた。

――ステキ……。

この美しい人が夢中になるのは自分だけ。孕ませてやりたいと求められることが嬉しくてたまらない。

大雅の湿った唇が首筋に落ちる。ちくりとした痛みすら快感に変換されて、胸の高鳴りが止まらない。

「あぁ、ンぅ……ッ」

「俺のだ、俺だけの……」

耳朶に吹き込まれる言葉が遅れて頭に届く。艶めいた声が悩ましく響いた。

「私も……」

大雅の耳たぶを甘噛みする。彼の素肌に手を滑らせて、鍛えられた胸板に触れた。

自分だけが気持ちよくなるのではなくて、彼も同じくらい気持ちよくなってほしい。彼の性感帯はどこにあるのだろう？　と頭の片隅で考える。

――ぐちゃぐちゃに抱いてほしいのに、私も大雅を気持ちよくしたい。

この身体の熱は、大雅の精を胎内に注がれれば少しは落ち着くはずだ。そうしたら次は存分に自分が大雅を堪能したい。

自然と笑みが零れる。彼が乱れる姿はきっとうっとりするほど美しいだろう。

「お前に触れられているだけで限界がきそうだ」

切羽詰まったような荒い吐息が聞こえた。額に汗が浮かんでいる。

大雅の手が妃翠の豊かな胸に触れる。激しく高鳴る心臓の鼓動も彼に伝わっていることだろう。

「ン……アァ……ッ」

赤く熟れた実を食まれながら濡れて使い物にならないショーツを一気に下ろされる。外気に触れて一瞬ひやりとしたが、すぐに大雅の指が泥濘に埋められた。

「あ……ゃあ、ん……っ」

キスだけですっかり秘所は解れている。大雅の強直をすぐにでも受け入れられるほどに。

「指が食われそうだ」

掠れた声が艶めかしい。

妃翠の身体は侵入を拒んでいるのか、もっと奥へと招いているのか、大雅の指を締め付けて放さない。絶え間なく零れる愛液の水音が卑猥に響いた。

——ほしい、もっと……早く……。

「大雅……」

妃翠の懇願と同時に大雅は指を引き抜いた。

パクパクと収縮を続ける蜜口に、待ち望んでいたものがこすりつけられる。

「妃翠……っ」

名前を呼ばれながら彼の楔を受け入れる。心が歓喜に震えた。

「ぁ、あぁ……ッ！」

「グ……ッ」

最奥にまで到達したが、膣壁の収縮が止まらない。ようやく番を受け入れられたことを喜んでいるかのように一滴残らず精を搾り取ろうとする。

視線が交わった直後、大雅は妃翠の両脚をグイッと広げて垂直に律動を開始した。

彼の雄が蜜壺に呑み込まれていく光景を直視する。視覚的な卑猥さがより妃翠の官能を刺激した。

「アン、アァ……はげし……ッ」

「目を、逸らすなよ……」

ずちゅ、ぐちゅ、と水音を立てながら抽挿する。いや、まるで妃翠が食しているかのようだ。

――キモチイイ……、ゼンブ、キモチイイ。

奥をゴリッと刺激されるのも、膣壁を擦られるのもたまらない。彼とひとつになれることが心を震わせて喘ぎ声を止まらなくさせる。

早くお腹の奥を満たしてほしい。溢れるほど白濁を注ぎ込まれたい。最後の一滴までおいしく食したい。

妃翠の欲望に感化されたようにΩのフェロモンが濃くなった。大雅の理性がプチッと切れた気配がする。

「ク……ッ」

ゴリッと最奥を刺激した直後、大雅が精を放った。

「あぁ、ンア、アア……ッ」

視界がチカチカ瞬き、高波に攫われるような感覚が押し寄せてきた。一瞬の浮遊感を覚えながら四肢が弛緩する。

互いの荒い息遣いが室内に響く。妃翠の中に埋められたままの楔はすぐに硬度を取り戻していた。

「足りない」

獰猛な呻き声が淫靡に鼓膜を震わせる。大雅の目は怪しい熱を灯らせたままだ。

達したことと彼の精を受け入れたことで少しだけ妃翠の胎内の疼きは治まったが、まだ全然足りない。妃翠ももっと大雅を愛したい。

「私も……もっとちょうだい……?」

シーツをぐしゃぐしゃに乱すほど、溺れるように愛し合いたい。

妃翠の望みが通じたように、大雅が鋭い目をわずかに下げて笑う。

「仰せのままに」

「あ……っ」

身体を抱き起こされて膝の上にのせられた。自重でさらに深く楔が刺さる。

「ずっと中にいてほしいんだったか」

それは、昼間に妃翠が彼に言ったお願いだ。できることなら彼の熱を感じ続けていたい。

傍にいて、体温を分け合って、大雅の存在を五感で感じたい。彼の欲望を中で感じていると、恍惚とした心地になれる。

「うん……もう、寂しいのは嫌……」

彼が離れてしまったらと想像するだけで悲しくなる。身体の中からも大雅を感じることができたら、妃翠の心は満たされたままだ。

大雅が妃翠に触れるだけのキスをする。そんな些細な温もりすら愛おしい。

「寂しい想いなんてさせない。離れようとしたって離さないのは俺の方だ」

「離れられないよ……」

自分から彼を手放すことなどできないし、彼も同じ気持ちでいてくれたらいい。

大雅が満足そうに口角を上げた。

「それでいい。お前が一番幸せを感じるのは俺の隣にいるときだ」

その通りだ。妃翠の一番の幸せは大雅の傍にいること。

妃翠が離れない限り、彼はずっと愛を囁き続けてくれる。

「ずっとこのままでいたい……」

「……っ、俺は早く突き上げて妃翠を甘く啼かせたい」

大雅の両手が妃翠の腰を摑んだ。先ほどとは違う場所に当たり、妃翠の口から甘い声が漏れる。

「あぁ……ッ」

「昼間は中途半端だったからな。たっぷり動いていいぞ」

「あ……っ、むりぃ……っ」

彼の手に支えられていないと身体から力が抜けてしまいそうだ。どこもかしこも気持ちよくてたまらない。

両手を大雅の肩についてバランスを取りながら、妃翠はぎこちなく腰を振る。だが思うようにはうまくいかない。

中途半端な気持ちよさしか得られない。

彼にめちゃくちゃに翻弄された方がずっといい。

「やぁ……ダメ、大雅がうごいて……っ」

妃翠の我がままに大雅は小さく笑い、妃翠の身体を乱れたシーツの上にふたたび横たわらせた。

「いいぜ、満足するまで付き合ってやる」

顔を見ながら抱き合える喜びに、妃翠はふたたび心を震わせたのだった。

エピローグ

波の音で意識が浮上する。心地いい目覚めを味わいながら、大雅はゆったりと身体を起こした。

隣に眠る妃翠はまだ夢の中だ。彼女が起きるには少し早い。

大雅は起こさないようにそっと妃翠の額にキスをする。毎晩のように肌を重ねているから妃翠の眠りは深い。

朝食の支度をしに一階へ下りる。一階のリビングルームの大きな窓からはプライベートビーチが見下ろせる。

南の島の海は四季を問わず透き通っていて美しい。白い砂浜と青い海を眺めながらコーヒーを飲むのは癒やしの時間だ。

ここは大雅の祖父が所有している島のひとつだ。生前贈与として所有権を譲ってもらおうとしたが、手続きが煩雑なため未だに所有権は祖父のまま。だがこの島にある別荘は大雅が自由に使っていいと許可を得ている。

妃翠と共に島に移住して半年が過ぎた。島の住民は全員βのため、妃翠が余計な不安を感じることもない。

また、二人が住む別荘の周辺には民家がないので、二人きりの静かな時間を過ごせている。

妃翠はずっと海が綺麗な場所を中心に旅をしていたという。彼女の両親が存命中、一緒に海に出かけた思い出が色濃く残っているからだそうだ。

だから、死ぬなら綺麗な海の傍がいいと漠然と考えていたのだろう。この別荘に連れてきたときは、大層喜んでいた。

コーヒーを淹れて妃翠が起きるまでの時間を潰す。大雅の仕事はすべてリモートワークに切り替えていた。月に一度だけ都内にあるオフィスに顔を出すが、その他の出張は極力抑えている。寂しがり屋な妻をひとりきりにさせないために。

——だが最近ひとりでも平気だと言うようになったんだよな……。

人はなにもやることがないと退屈する。島の暮らしに慣れると妃翠は時間を持て余し始めた。そのためオンラインで受けられる英語の授業を受講するなどして、今まで諦めていたことに少しずつチャレンジするようになった。

やりたいことを見つけて生き生きと過ごす姿は眩しい限りだが、大雅は少し面白くない。

本当は、いつまでも寂しいと言って縋りついて離れない妃翠でいてほしい。

元々ひとりで生きてきた時間の方が長いし、彼女がひとりで生きられることは知っている。だが、そうなるのは都合が悪い。いつか本土に戻ったとき、大雅以外のαを第二の夫に迎え入れてしまう可能性もゼロとは言えない。

妃翠は二度と会いたくないと言うほど百瀬隼翔を苦手としているため、あの男を夫にするつもりはないだろう。今のところ隼翔に目立った行動は見られないが、少しでも妃翠に近づこうとしたら容赦はしないつもりだ。隼翔の勤務先を買収して、海外の僻地《へきち》へ飛ばしてやる。

——今は他の男を受け入れないと言っているが、例外が出てきても困る。早く孕んでしまえばいいが、まだ妃翠を子供に取られるのは嫌だな。

子供は欲しいがもう少し二人きりの時間を堪能したいと思っていた。子供との時間が楽しくて、大雅と過ごす時間が減っても寂しくないと思われるのはよろしくない。

それにこの島には病院がひとつしかない。できればきちんと設備が整った大きな病院で出産することが望ましいが、Ωの出産を不特定多数の者に知られたくないし、生まれてくる子供のバース性も気になる。

生後すぐにバース性の検査はされないが、Ω保護管理局が嗅ぎついてこないとも限らない。二人の間に生まれてくる子供はαかΩのどちらかだ。Ωであった場合が厄介だ。

——Ωの実名を公表しないことと、国からの干渉を最小限にすること。そして重婚を禁止することか……さっさと法改正させたいところだ。

半年前のΩ発見の騒動は勘違いで終わったが、無関係な女性の写真が流出したことについて世間は大きく問題視した。また、この国でΩの人権問題について考えるきっかけともなり、Ωの重婚が許されていることと過去に重婚を強要させられていたことは連日テレビで取り上げられていた。

今は少しずつ世間の関心が高まり、Ω保護に関する法改正も動き始めている。

とはいえ、法が改正されるまでもうしばらく時間がかかるだろう。大雅はそれまで妃翠をこの島から出すつもりはない。彼女は騒がしい世間からは隔離された場所でのんびり過ごせばいい。

第三者からは妃翠を島に監禁しているように見えるだろうが、この暮らしを選んだのは彼女の方だ。大雅は移住の提案をしただけで、彼女の望みを叶えたに過ぎない。

——じいさん名義の島ならよそ者が簡単に入り込むこともできないし、麗佳もやって来られない。まあ今は麗佳も屋敷に軟禁状態だったたか。国外追放されないだけ運がよかったな。

麗佳の夫は年下の妻を放置していたわけではない。愚かで愛らしい妻をあえて自由奔放にさせていたが、今回の件はさすがにおいたが過ぎると、嬉々として妻の教育に勤しんでいるそうだ。紳士な仮面を被った真正のサディストに麗佳はなすすべもないだろう。

朝食と二杯目のコーヒーを準備して、大雅は二階に上がる。ふと、扉が開いたままの書斎の机に目が向いた。

鍵のついた引き出しには拳銃が一丁入っている。弾の数は二つだけ。

それを使用する未来が一生来ないことを願いながら、大雅は寝室に戻った。

布団にくるまった妃翠を優しく起こす。

「おはよう、妃翠。朝食の準備が整ったぞ」

「……う、ん……おはよぅ……」

今日も彼女の視界に一番に入ることができた。

そんな些細なことが大雅の胸を満たすのだった。

あとがき

こんにちは、月城《つきしろ》うさぎです。『傲慢御曹司は愛の奴隷』をお読みいただきありがとうございました。前作に続き現代物&御曹司シリーズの四作目です。

以下、ネタバレを含みますので本編読了後にお進みください。

今回はじめてオメガバースに挑戦しました！

ソーニャ文庫様でもはじめてのオメガバース作品になりましたが、いかがでしたでしょうか。一度は書きたいと思っていたので、念願が叶って嬉しいです。

少しずつ乙女系のオメガバースも増えてきていますが、自分なりの世界観を考えるのがとても楽しかったです。

あまり複雑な設定にならないよう、可能な限りシンプルな世界観にしてみましたので、オメガバースに慣れていない方にも読みやすくなっていたらいいなと思います。

妃翠がひとりで生きるにはハードな世界になってしまいましたが、運命の番だけが彼女を支えることができて、どうしようもなく惹かれ合うというのが番の醍醐味かなと。

大雅は非常に書きやすかったです。妃翠が性格的に我慢しやすいので、このくらい強引な男性の方が自分の気持ちを曝けだしやすくなりそうです。

最終的には島に監禁エンドになりましたが、本人も望んでいることなので幸せなんじゃないかな……二人の子供たちのためにも、なるべく早く法改正がされてほしいですね。

(時間かかりそう……。)


イラストを担当してくださった芦原《あしはら》モカ様、イケメンな大雅と儚げな妃翠を描いていただきありがとうございました。カバーイラストがとても美麗で、背景の海辺も雰囲気があって素敵です！　ラストの二人の幸せそうな笑顔が感無量です。ありがとうございます。

担当編集者のY様、今回も大変お世話になりました。オメガバースが書きたいと言ったとき、快く引き受けてくださりありがとうございました。傲慢なヒーローが上手と褒めていただいて嬉しかったです！

この本に携わってくださった校正様、デザイナー様、書店様、営業様、そして読者の皆様、ありがとうございました。

楽しんでいただけましたら嬉しいです。

月城うさぎ

Sonya
ソーニャ文庫

この本を読んでのご意見・ご感想をお待ちしております。

◆ あて先 ◆

〒101-0051
東京都千代田区神田神保町2-4-7 久月神田ビル
㈱イースト・プレス　ソーニャ文庫編集部
月城うさぎ先生／芦原モカ先生

傲慢御曹司《ごうまんおんぞうし》は愛《あい》の奴隷《どれい》

2021年11月6日　第1刷発行

著　者　月城《つきしろ》うさぎ
イラスト　芦原《あしはら》モカ
装　丁　imagejack.inc
発行人　永田和泉
発行所　株式会社イースト・プレス
〒101－0051
東京都千代田区神田神保町２－４－７ 久月神田ビル
TEL 03－5213－4700　FAX 03－5213－4701
印刷所　中央精版印刷株式会社

©USAGI TSUKISHIRO 2021, Printed in Japan
ISBN 978-4-7816-9709-3
定価はカバーに表示してあります。
※本書の内容の一部あるいはすべてを無断で複写・複製・転載することを禁じます。
※この物語はフィクションであり、実在する人物・団体等とは関係ありません。

Sonya ソーニャ文庫の本

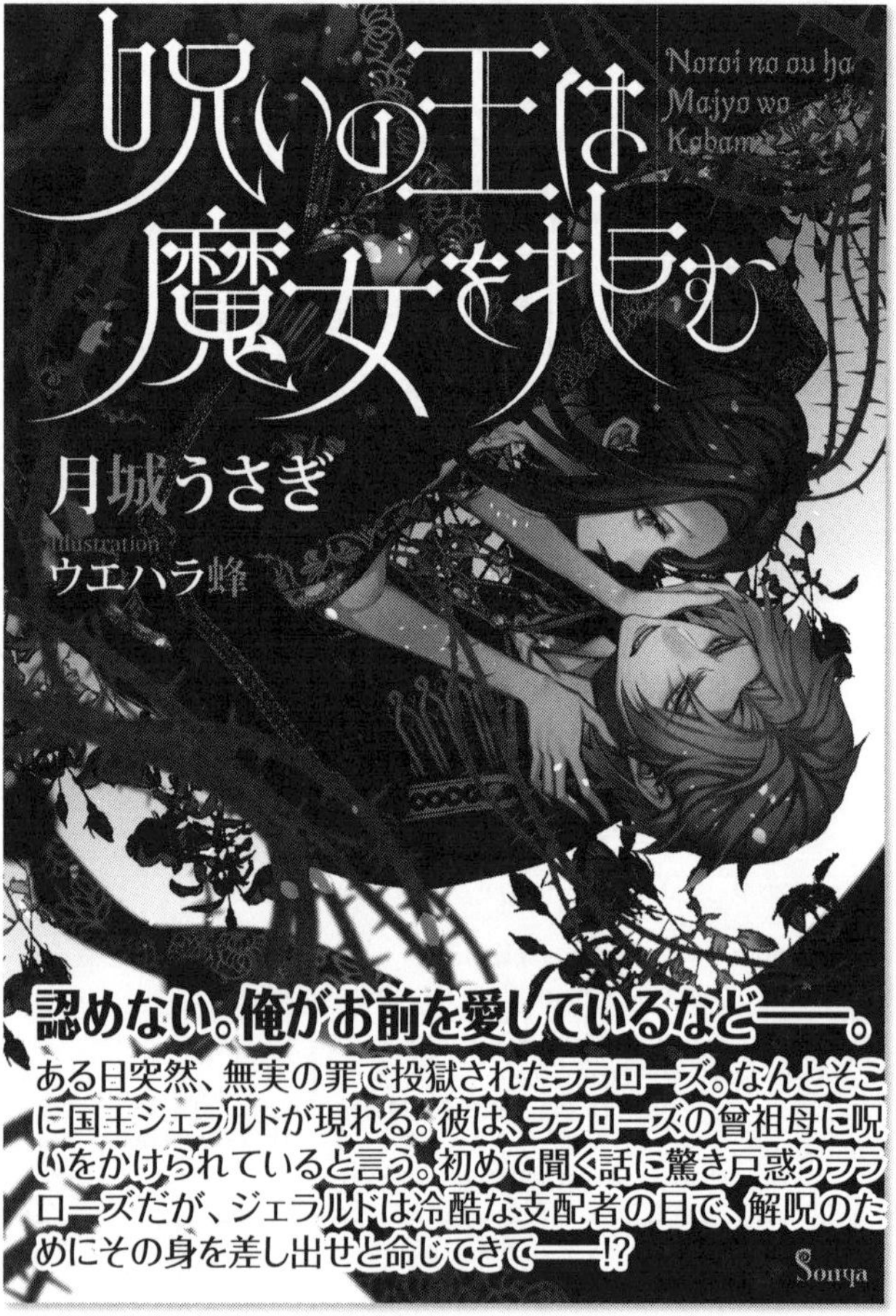

『呪いの王は魔女を拒む』 月城うさぎ

イラスト ウエハラ蜂

Sonya ソーニャ文庫の本

『妖精王は愛を喰らう』 月城うさぎ

イラスト アオイ冬子

Sonya ソーニャ文庫の本

月城うさぎ
Illustration
藤浪まり
溺愛御曹司の幸せな執着
あの日からずっと、私は君しか欲しくない。
外資系の大手企業に転職した沙羅。優しくて紳士的な外国人社長ライナスのもとで働けて幸せを感じていたが、なぜか突然プロポーズされてしまう!　恋愛初心者の沙羅は、引くことを知らないライナスに翻弄されて、淫らな欲望を引き出され――。だが、ライナスにはある秘密が……!?
Sonya

『溺愛御曹司の幸せな執着』　月城うさぎ

イラスト　藤浪まり

Sonya ソーニャ文庫の本

僕の愛を受け入れて。

清華妃奈子には、忘れたい男がいた。両親の離婚を機に自分の後見人となった、10歳年上の御影雪哉だ。その優しい笑顔の奥に潜む男の欲望を知る妃奈子は、彼から離れようとするのだが……。仄暗い笑みを浮かべた雪哉に押し倒されて、淫らなキスをしかけられ――!?

『腹黒御曹司は逃がさない』 月城うさぎ

イラスト 氷堂れん

Sonya ソーニャ文庫の本

『**俺様御曹司は諦めない**』　月城うさぎ

イラスト　篁ふみ